LUI et ELLE

PAR

PAUL DE MUSSET

PARIS

CHARPENTIER, LIBRAIRE-ÉDITEUR

28, QUAI DE L'ÉCOLE

1860

LUI ET ELLE

Paris. — Imp. de P.-A. BOURDIER et Cie, rue Mazarine, 30.

LUI ET ELLE

PAR

PAUL DE MUSSET

PARIS

CHARPENTIER, LIBRAIRE-ÉDITEUR

28, QUAI DE L'ÉCOLE

1860

Ce livre n'a pas besoin d'explication. Son unique raison d'être est l'accomplissement d'un devoir, et c'est ce que tous les honnêtes gens ont parfaitement compris.

Quant aux attaques dont l'auteur a été l'objet, il n'y répondra pas. On ne le fera pas si aisément sortir de la réserve qu'il s'est imposée. La déclamation, les injures, les menaces irréfléchies contre lesquelles la loi offre toutes les garanties désirables, n'intimident personne et ne prouvent rien.

LUI ET ELLE

LUI et ELLE

I

A M. JEAN CAZEAU.

Non, mon cher Jean, nous ne sommes pas aussi près de nous haïr que vous le dites, et vous avez eu grand tort de veiller jusqu'à trois heures pour m'écrire ces six pages de reproches que je ne mérite pas. Non, vous ne trouverez jamais dans mon cœur rien qui ressemble à de la haine. Chassez bien loin cette mauvaise pensée que le chagrin et l'insomnie vous ont

soufflée. Prenez patience; attendez un peu,
et vous reconnaîtrez que vous avez en moi
une sœur, une mère tendre. Mon Dieu! non,
je ne vous ferme point ma porte; je ne vous
ordonne point de vous éloigner; je ne sou-
pire pas après le moment où chaque seconde
qui s'écoulera augmentera d'un tour de roue
la distance qui nous sépare. Pouvez-vous m'assurer que vous êtes guéri? votre cœur est-il
disposé, comme le mien, à goûter le charme
d'une amitié fraternelle? ma présence est-
elle sans danger pour vous? alors, venez
me voir et demeurez près de moi aussi longtemps qu'il vous plaira. Mais, par malheur,
nous n'en sommes pas là; votre blessure
saigne horriblement. Vous me parlez d'amitié
avec l'amertume et la colère de l'amour qui
n'est plus partagé. Vous voyez bien qu'il faut
partir.

A quoi bon chercher l'explication et les
causes de mon refroidissement? L'amour s'en
va sans raison, comme il est venu, ou plutôt

il meurt, parce que tout a une fin. Et croyez-
vous qu'on s'en débarrasse de parti pris, comme
d'une robe qu'on ne veut plus mettre? Vous
m'accusez d'avoir opéré dans mes sentiments
une véritable amputation avec la férocité d'un
chirurgien. Hélas! mon cher enfant, plût à
Dieu que ma folie eût duré autant que la vôtre!
Je la regrette, je la pleure; mais il ne dépen-
dait ni de vous ni de moi de la prolonger
d'une minute seulement. J'en suis sortie,
comme d'un rêve charmant; mais une fois
qu'on s'est éveillé de ce sommeil-là, rien ne
peut plus vous le rendre. Mettez-vous bien cela
dans l'esprit. De vains ménagements ne feraient que vous nuire. L'avenir appartient à la
sainte amitié. Sur la page de l'amour il faut
écrire le mot : Jamais! N'hésitez pas, partez
pour l'Italie.

Je souris en voyant votre orgueil masculin
se cabrer, quand je vous appelle mon cher
enfant. Vous oubliez que vous n'aviez pas
encore vingt ans le jour de notre première

rencontre. L'ardeur de votre âge, l'emportement de votre passion vous ont empêché de
comprendre la chasteté de ma tendresse, la
maternité de mon amour. Je ne vous ai point
aimé pour votre jeunesse, comme l'auraient fait
ces femmes vulgaires qui sont les jouets de leurs
sens; mais bien malgré votre jeunesse. C'est
elle qui aurait dû me préserver d'une faiblesse
que je déplore aujourd'hui, parce que notre séparation en est la conséquence nécessaire. Au
lieu de m'accuser, rappelez-vous donc que je
vous ai cédé pour vous épargner une souffrance.
Je le reconnais trop tard : mon dévouement n'a
servi qu'à vous préparer une douleur plus
grande. Je suis comme une sœur de bon-secours
qui aurait mis son malade à deux doigts de la
mort pour l'avoir trop accablé de soins; et c'est
afin de ne pas vous achever par une pitié mal-
entendue que je vous le répète : Il faut absolument que vous partiez.

Il me reste à répondre à votre dernière accusation; bien des femmes à ma place ne vous la

pardonneraient pas; mais je ne saurais m'en fâcher, tant elle me semble frivole! Vous m'appliquez le mot de Saint-Lambert sur Jean-Jacques Rousseau : « Il marche accompagné de sa maîtresse, la *réputation*. » Ma gloire, dites-vous, s'est jetée entre nous deux. Mon nouvel amant est le public. Je vous méprise parce que vous êtes obscur, et que me voilà tout à coup célèbre. Le succès m'enivre. J'ai honte de vous avoir aimé; je voudrais pouvoir vous supprimer de ce monde, après vous avoir fait manquer votre carrière, après vous avoir tout ravi, le bonheur, le repos, et jusqu'à votre nom, — car il paraît que vous ne vous appelez même plus Jean Cazeau.

Il n'y a qu'une petite difficulté à tout cela : c'est que ma gloire n'existe point. Je ne crois pas sérieusement à ma réputation, et je ne fais nul cas de ce succès que le caprice d'un sot public est venu faire, entre mille autres productions éphémères, à mes *Chansons créoles*. Je suis née, il est vrai, avec quelques dispositions

pour la musique. J'ai appris à composer, toute
seule, ou à peu près. Par quelques dons naturels assez heureux, par de l'originalité j'ai sup-
pléé, tant bien que mal, à la connaissance qui
me manquera toujours des règles fondamen-
tales de ce bel art, à cette solide éducation qui
n'est donnée qu'aux hommes, et sans laquelle
le génie lui-même ne vole jamais que d'une
aile.

Les éditeurs sonnent à ma porte, et demandent d'un air affairé à quelle heure je serai vi-
sible; mais au premier morceau de ma façon
qui n'obtiendra pas les suffrages des badauds,
le bruit de la sonnette ne m'annoncera plus que
mes amis.

Mon nom d'emprunt grandit chaque jour.
— On ne l'en oubliera que plus vite.

On se demande : « qui est ce William Caze?
un étranger, sans doute. — C'est une femme,
répond quelqu'un de bien informé. — Une
femme! ah! bah! est-elle jeune, jolie, galante,
mariée, veuve ou séparée? »

Tous ces propos répétés par la médisance, l'envie et la curiosité, font ce qu'on appelle la réputation, et vous ne croyez pas que je la méprise!

Mon cher Jean, lorsqu'on dira devant vous : « Sait-on qui est son amant? » — Je vous prie de répondre hardiment : « Elle n'en a pas et ne veut plus en avoir. »

Puisse l'assurance que je vous en donne vous consoler promptement! mais il faut partir. C'est l'ordre de votre mère et la prière de votre sœur. Vous avez retenu votre place aux messageries royales pour ce soir; perdre encore une fois vos arrhes serait pitoyable. Vous m'avez assez donné de preuves d'amour; prouvez-moi donc une fois que vous avez du courage. Que votre prochaine lettre soit datée de Lyon ou de Marseille. Tantôt, je mettrai mes habits d'homme pour aller vous voir, vous aider à faire vos préparatifs de départ et vous serrer la main.

OLYMPE DE B***.

Le malheureux jeune homme à qui cette lettre était adressée commença par y chercher quelque mot sorti du cœur, quelque pâle étincelle de l'ancien amour, et, ne l'y trouvant point, il pleura des larmes amères. Comme tous les amants abandonnés, il s'était imaginé que six pages de reproches écrites au milieu de la nuit sous l'influence d'un violent désespoir seraient d'un effet irrésistible. Pour la vingtième fois depuis un mois, cette espérance était déçue. A la seconde lecture, il comprit que le véritable but de cette froide réponse était de le décider à partir.

— Elle veut absolument se débarrasser de moi, dit-il, en froissant le papier entre ses doigts. Ma présence sur le pavé de Paris lui devient incommode. Elle a beau s'en défendre, il est évident que je la gêne dans son nouveau rôle de femme célèbre. Mais que signifie cette tendresse chaste, cette maternité dont elle s'avise tout à coup, au bout de trois ans? Me serais-je mépris à ce point? Si l'on y regardait de près, ne verrait-on pas que c'est elle qui s'est jetée à ma tête? Ai-je rêvé que nous étions amants? Non, ce n'est pas ainsi que ma mère m'a aimé. Elle se joue effrontément de ma simplicité. Ah! elle a raison : il faut que je parte et que je l'oublie... Cependant, il est bien à elle de penser à venir me serrer la main une dernière fois ; je l'embrasserai au moment du départ. Je la presserai sur mon cœur.

Ranimé par la perspective de cet embrassement, le pauvre jeune homme n'envisageait plus avec autant d'horreur le moment de l'adieu suprême. Il ouvrit sa malle de voyage avec empressement, et déjà il commençait à préparer son bagage, lorsqu'il pensa qu'Olympe le viendrait voir, en effet, mais pour s'assurer qu'il partait. A cette idée de grosses larmes lui jaillirent des yeux. Il laissa tomber à terre les hardes qu'il tenait dans ses mains, et il s'assit, les bras pendants, le menton sur la poitrine dans un abattement profond.

Au moment où il s'était séparé de madame

de B***, Jean, n'ayant pas eu, depuis trois ans, d'autre domicile que celui de sa maîtresse, avait acheté quelques meubles indispensables pour s'installer dans un appartement composé de deux chambres, et situé sur le quai de Gèvres. Un lit en bois de noyer, une table carrée pouvant servir de bureau, un vieux secrétaire en acajou rose, fort terne, mais qui aurait eu quelque prix si on l'eût remis à neuf, composaient, avec quatre chaises de paille, son modeste ameublement. La belle vue des quais, du pont au Change, et des vastes bassins de la Seine aurait fait de ce petit réduit un séjour agréable pour tout autre qu'un amant malheureux; mais l'abandon et le chagrin l'avaient rendu plus sombre qu'une prison aux yeux du pauvre Jean. Quatre heures venaient de sonner à l'horloge du Palais de Justice, quand un fiacre s'arrêta devant la maison. Le portier fit un sourire malin en voyant passer un bambin coiffé d'un chapeau à larges bords, vêtu d'une redingote trop large pour lui; la main gauche dans la poche d'un pantalon à plis, maniant de la droite une badine de jonc et marchant d'un pas résolu, comme un écolier qui en est à sa première paire de bottes.

— Cette malle est encore vide ! Je m'en doutais, dit Olympe, en jetant son chapeau et sa canne sur la table. Vous savez bien que la diligence de Lyon part exactement au coup de six heures. A quoi donc pensez-vous?

Jean secoua la tête, comme s'il eût répondu : « Je ne pourrai jamais! »

— Quel besoin, dit-il, après un moment de silence, quel besoin avez-vous de m'envoyer à trois cents lieues? Ne pouvez-vous me laisser dans ce coin?

. — Pour y ruminer votre ennui ! reprit Olympe, pour y tomber malade peut-être ! Non certes, je ne puis vous le permettre. Cette faiblesse est insupportable. Je vous déclare que si vous restez, je ne vous reverrai de ma vie, et je brûlerai vos lettres sans les lire. Voyons : êtes-vous un homme? Ouvrez cette armoire et passez-moi votre linge; nous allons faire votre malle ensemble.

Jean obéit machinalement. Il ouvrit l'armoire, on tira le linge et les habits, tandis qu'Olympe rangeait chaque pièce dans la malle, avec la dextérité d'une personne habituée aux voyages. On délibéra sur les livres qu'il convenait d'emporter, outre le *Guide en Italie* d'Artaria. Jean fouilla dans son secrétaire et y prit un gros paquet de lettres qu'il voulut glisser à la dérobée dans sa malle; mais Olympe lui frappa doucement sur l'épaule.

— Que faites-vous là? dit-elle. J'espère bien que vous ne serez point dévalisé par les brigands de la Romagne; cependant il y a des aubergistes voleurs. On peut perdre son bagage; une correspondance amoureuse n'est pas un objet de première nécessité sur les grandes routes. C'est à votre retour que vous relirez ces lettres. Remettez-les à leur place, mon cher enfant. Un jour, quand je serai devenue votre compagnon, votre frère William Caze, je vous dirai que mon cœur ne désavoue pas ce qui est écrit là ; mais à la condition que nous parlerons de l'ancienne Olympe comme d'une personne morte depuis longtemps. Remettez toute cette correspondance dans votre secrétaire, et contentez-vous d'emporter la clef.

Lorsque les lettres furent rentrées dans le vieux meuble, les bagages étant achevés, madame de B*** regarda sa montre.

— Nous avons encore un quart d'heure, dit-elle en s'asseyant sur la malle. Écoutez-moi, cher Jean : Puisque vous avez du courage et l'envie de me satisfaire, je vous tiendrai compte de votre soumission. Je ne suis pas si dure et si cruelle que j'en ai l'air. Au moment où vous allez partir, mon cœur se serre, comme le vôtre ; je regrette cette nécessité de nous séparer pour quelques mois, et à présent que c'est une résolution prise, je ne vous déguiserai plus mon émotion. Ces petites chambres où vous avez tant souffert me sont chères. Je voudrais pouvoir y revenir pendant votre absence, pour y penser à vous, pour m'isoler, pour y travailler paisiblement, loin des importuns, loin de mes amis eux-mêmes, car j'aurai des jours de tristesse, où tout le monde me sera odieux. Si vous n'y voyez point d'inconvénient, donnez l'ordre à votre concierge de me remettre la clef de votre appartement, quand il me prendra fantaisie de venir m'y installer.

Jean trouva cette idée admirable, et ne manqua pas de l'adopter avec enthousiasme. Il voyait dans ce caprice de son amie une pitié, une tendresse, une délicatesse charmantes. Dans l'effusion de sa joie, il se mettait à genoux devant Olympe et lui baisait les mains en la remerciant de se montrer enfin clémente et bonne. Il promettait de surmonter ce fatal amour qui l'empêchait encore de goûter une amitié si douce. Mais comme il parlait de sa guérison prochaine avec trop de passion, madame de B*** lui ordonna de se calmer s'il ne voulait la voir redevenir impitoyable. Pendant ce débat, le quart d'heure s'était écoulé. Olympe

avait eu soin de ne pas renvoyer sa voiture,
pensant qu'elle pourrait servir. On y trans-
porta les bagages. Jean commanda au concierge
de remettre les clefs de l'appartement à son ami
William Caze lorsqu'il viendrait les demander;
à quoi le concierge ne manqua pas de répondre
qu'il était aux ordres de madame, et l'on partit
pour la rue Notre-Dame-des-Victoires.

Dans la cour des messageries, Jean parut
sortir de son accablement. Le bruit, l'agitation,
le désordre du départ faisaient une heureuse
diversion à ses tristes pensées. On procéda bientôt à l'appel des voyageurs. Son nom était le
premier sur la liste. Les mains et les lèvres
tremblantes, il s'approchait d'Olympe pour
l'embrasser :

— Montez donc, lui dit-elle avec vivacité; le
voyage sera long ; il ne faut pas laisser prendre
votre place.

— Oui, répondit Jean, le voyage sera long.

Et il monta sur le marchepied, en murmurant tout bas :

— Le dernier baiser, le dernier adieu, elle me le refuse! Elle veut que j'emporte mon dernier sanglot. Ingrate créature!

Mais lorsqu'il fut assis dans le coupé, Jean vit une petite main frapper le carreau de vitre qui était fermé. Il s'empressa d'ouvrir. Cette main tendue vers lui cherchait la sienne; Olympe se dressait sur la pointe du pied pour atteindre plus haut, et dans cette attitude forcée il y avait je ne sais quoi de gracieux et de tendre, en sorte que le reproche, qui grondait encore, s'éteignit tout à coup. Tandis que Jean écoutait d'une oreille distraite des recommandations banales sur les soins qu'il devait prendre, les précautions contre le froid de la nuit et les courants d'air, l'heure sonna, et la main qu'il tenait se retira de la sienne. Il entendit l'adieu d'Olympe se mêler au bruit des coups de fouet, aux cris du postillon, et les chevaux partirent au trot.

Lorsque le roulement de la lourde voiture se perdit dans le lointain parmi les autres bruits de la rue, un jeune garçon, auquel personne n'avait pris garde dans la cour des messageries à cause de sa petite taille et de sa mise qui sentait un peu ce qu'on appelait alors le *bousingot,* leva les bras vers le ciel en s'écriant : « M'en voilà donc débarrassée ! »

Le lendemain, le même bambin se présentait au domicile de Jean Cazeau, accompagné d'un homme en manches de chemise, aux mains noires, portant un trousseau de ferrailles passées dans un large anneau. Le concierge n'hésita point à donner les clefs de l'appartement. L'homme aux mains noires reçut l'ordre d'ouvrir le secrétaire, et tandis qu'il s'efforçait de crocheter la serrure, l'écolier observait ses mouvements avec un intérêt extrême. Enfin l'obstacle céda, et la tablette du secrétaire s'abaissa. Olympe se jeta sur ses lettres.

— J'ai dérangé la serrure, dit l'ouvrier; faut-il l'emporter pour la remettre en état?

— C'est inutile, lui répondit-on en lui donnant une pièce de vingt sous; il m'est indifrérent que ce secrétaire soit ouvert ou fermé.

Le serrurier se retira enchanté de son salaire. Il était à peine dans la rue, quand Olympe descendit les degrés, et rendit au concierge les clefs de l'appartement. Elle portait sous son bras un paquet enveloppé dans un journal.

— Madame verra bien, dit le concierge, que j'aurai grand soin du ménage de monsieur. S'il survenait quelque chose, j'en avertirais madame. Elle n'a qu'à me donner son nom et son adresse.

— Vous ne les savez donc pas? demanda Olympe.

— Non, madame.

— Fort bien. Je vous les donnerai à ma prochaine visite.

Mais le concierge attend encore la visite d'Olympe. Elle ne revint jamais au quai de Gèvres.

II

Vers huit heures du soir, les habitués du petit salon de madame de B*** la trouvèrent tenant à la main des pincettes et remuant un monceau de papiers qui brûlaient dans la cheminée. Elle était dans un de ces négligés que les femmes ordinaires ne portent tout au plus qu'avant l'heure du déjeuner : robe de chambre ouverte, en soie jaune, manches larges, babouches turques sans quartier, résille espagnole, chemise d'homme et cravate noire. Les amis d'Olympe ne s'étonnèrent point de cette toilette bizarre, en ayant vu bien d'autres. Leur mise était d'ailleurs assortie à celle de la maîtresse du logis. Ces fidèles habitués, au nombre de trois, venaient chaque soir témoigner leur amitié pour madame de B*** et leur admiration pour ce génie nouvellement révélé, en faisant chez elle une large consommation de grog, de vin chaud et de bière. C'était une manière de vivre en gens du monde sans renoncer aux habitudes de café.

Le plus ancien en date dans l'intimité d'Olympe était une espèce de campagnard sauvage qu'on appelait Caliban, car tout le monde avait un sobriquet dans cette compagnie débraillée. Caliban, ayant connu Olympe *au pays,* avait le privilége du tutoiement, et disait parfois de dures vérités à son amie. Son surnom lui venait de ce qu'il arrivait toujours mouillé jusqu'aux os ou couvert de poussière, selon la saison.

Le second était un homme instruit, puriste en littérature, à vues étroites en matière de beaux-arts, à cheval sur les règles les plus rebattues et qui jouissait d'un certain crédit de connaisseur, même hors du salon de madame de B***; mais cet esprit cultivé habitait un corps inculte, malpropre jusqu'à incommoder ses voisins, modèle curieux de sans-gêne et de cynisme, c'est pourquoi on l'appelait le seigneur Diogène. Nous devons cette justice à Caliban, de dire qu'il n'était point envieux et qu'il savait gré à Diogène d'être encore plus malpropre que lui.

Le troisième ami intime, jeune homme d'une stature colossale, écuyer consommé sans avoir de chevaux, peintre sans talent, d'une ignorance crasse, mais excellent et honnête cœur, eût arpenté tout Paris pour rendre un service à son cher William qu'il aimait en bon camarade. Robuste comme un cuirassier, doué d'une force de poumons peu commune et doux comme un agneau, il menait souvent Olympe au parterre des théâtres, lorsqu'elle se déguisait en homme. Son habillement méritait le nom de costume. On y reconnaissait quelque chose approchant d'un pourpoint, des brandebourgs allemands, les olives polonaises, le pantalon à la cosaque, le manteau à la Henri III, le chapeau *sombrero*, le col de chemise en fraise. C'était une espèce de Franconi-Van Dyck. Au demeurant, le meilleur fils du monde, tapageur, gai comme un pinson, et n'ouvrant guère la bouche sans dire une drôlerie ou une ânerie. On l'appelait Hercule, don Stentor ou le Terre-Neuve. D'autres figures venaient se joindre à cette cour hétéroclite, mais avec moins d'assiduité.

Caliban, qui aimait les coins, s'était assis à terre entre la fenêtre ouverte et le rideau. Diogène préparait un grog fortement chargé d'alcool, tandis que le Terre-Neuve fumait un cigare, à cheval sur une chaise.

— William, dit le seigneur Diogène en tournant la cuiller pour faire fondre le sucre, j'ai à vous parler. Vous savez que Jean est mon plus intime et mon meilleur ami. Il nous manque à tous, et je ne puis croire que vous ne le regrettiez pas vous-même. Son exil a duré assez longtemps, il faut le rappeler

— Bien dit! s'écria Hercule. Je soutiens Diogène; je lui monte en croupe.

— Le moment de rappeler Jean n'est point encore venu, répondit Olympe. Les raisons de son exil me regardent : c'est une question dans laquelle je ne puis admettre d'autre juge que moi.

— Ces raisons, reprit Diogène, ne sont pas un mystère pour nous, et si vous voulez que nous en parlions à cœur ouvert, je vous prouverai bien qu'elles sont toutes en faveur du rappel.

— Parlez à cœur ouvert, afin que je vous comprenne.

— Eh bien, quand on a aimé un homme, le moins qu'on lui puisse laisser c'est un peu d'amitié.

— Mon bon Diogène, répondit Olympe, et vous, mon cher Stentor, voilà donc ce que vous pensez de moi? Pourquoi ne m'avoir pas dit cela plus tôt? Vous sauriez que je n'ai jamais été la maîtresse de Jean. Je le traitais, il est

vrai, avec une préférence marquée. Vous êtes
tous mes enfants, et je le considérais comme
mon Benjamin, parce que son caractère doux
et faible lui faisait un besoin incessant de tendresse, de soins et d'attentions particulières;
mais, j'en atteste le ciel, ces câlineries que vous
avez prises pour de l'amour venaient d'une affection pure et chaste. Vous êtes des hommes
forts, vous autres, et vous ne comprenez rien à
ces âmes plaintives qui se croiraient oubliées, .
mal partagées si on les mettait au même régime que vous. J'ai été trop généreuse, trop
compatissante pour le pauvre Jean. C'est ma
seule faute et j'en suis punie. Ma préférence
pour lui, bien qu'elle n'existât que dans la
forme, a éveillé dans son cœur un amour déplorable; j'ai dû lui interdire l'accès de cette maison.

— Qu'avez-vous à répondre à cela? dit le
Terre-Neuve à Diogène.

— Je réponds que les bras m'en tomberaient
d'étonnement, si je ne tenais ce verre dans ma
main.

— Il y a des jours, dit Caliban du fond de sa cachette, il y a des jours où les vessies deviennent de si belles lanternes, que William, en nous les montrant, les prend lui-même de bonne foi pour des lustres.

— Je ne sais plus qu'en penser, murmura Diogène en vidant son verre.

— Il faut me croire, dit Olympe d'un ton impérieux.

— Oui, s'écria le Terre-Neuve, on doit croire William. Vive William! Je lui décerne une statue en marbre de Paphos.

— Dis donc Paros, au moins, animal! cria Caliban.

— Paros si vous voulez; cela m'est égal.

— Quant au pauvre Jean, reprit Diogène, vous pensez le connaître, William, et vous vous trompez grossièrement sur son compte. Parce qu'il est modeste et bon vous l'avez pris pour un homme médiocre; mais il vous étonnera bien quelque jour. Relisez ses lettres et vous verrez qu'il y a en lui l'étoffe d'un écrivain charmant.

— Ses lettres, répondit Olympe en montrant les cendres noires qui fumaient encore dans la cheminée, les voilà, et celles qu'il m'écrira désormais seront datées de Rome. Je l'ai fait partir pour l'Italie, et il n'en reviendra pas sitôt.

A ces mots, Diogène se récria sur la barbarie d'un tel procédé; Olympe se défendit, appuyée par les cris de don Stentor, et il y eut du vacarme dans la ménagerie.

— Au lieu de vous quereller, dit Caliban, laissez donc William nous faire un peu de musique.

Olympe ouvrit le piano et joua une suite de petits morceaux, encore inédits et qu'elle venait de composer sous le titre de *paysages*. C'étaient des mélodies d'une exquise fraîcheur, où il y avait peu de science, mais beaucoup d'art, et un profond sentiment de la nature champêtre. Les trois amis se tenaient en extase; Diogène, qui s'y connaissait, prédit à ce bouquet musical un grand succès et de bon aloi, ce qui ne parut pas déplaire à l'auteur. Caliban, qui s'était vautré dans son coin en dilettante sauvage, se leva, et tirant de sa poche un rouleau de papier :

— William, dit-il, jette donc un coup d'œil sur ce morceau, qui a paru ce matin même chez ton éditeur : le *Chant du suicide,* par Édouard de Falconey.

— Comment! s'écria Diogène, Falconey a publié un nouvel ouvrage et je ne le connais pas encore! Jouez-nous cela bien vite; nous allons nous régaler. Ce sera de la musique romantique sans doute.

Avant de l'exécuter, Olympe parcourut le morceau du regard et le lut tout bas, comme font les musiciens habiles, pour se mettre en devoir de bien rendre les passages difficiles; puis elle posa le papier sur le clavecin.

Dès les premières mesures de l'introduction, les trois auditeurs furent frappés du caractère de grandeur qui régnait dans cette étrange musique. Bientôt le chant devint plus passionné; on y distinguait comme les cris d'un désespoir amer et les sanglots d'un cœur déchiré; puis arriva enfin une espèce de mélodie amoureuse, puis une prière qui se tourna en un chant de mort. Caliban était oppressé. Diogène se tenait la tête à deux mains; le Terre-Neuve arpentait le salon de ses longues jambes avec une agitation croissante.

— Mille tonnerres! s'écria-t-il, quand le piano eut frappé le dernier accord, que cela est beau!

— Celui-là, dit le seigneur Diogène, est un grand maître, un véritable poëte; mais ce morceau ne ressemble en rien à ses premiers ouvrages. Il se transforme à chaque production nouvelle.

— Eh! oui, ajouta Caliban, tu as du talent, William, beaucoup de talent dans ton genre descriptif; mais ce chant du suicide, mon cher, c'est l'œuvre du véritable génie.

— Qui est cet Édouard de Falconey? demanda Olympe.

— Un jeune blondin, répondit Diogène, un homme du monde, un élégant, portant touffe de cheveux d'un côté, chapeau sur l'oreille de l'autre, taille de guêpe, l'air fat, haut sur talons, dédaigneux des petites gens comme nous, et coqueluche de toutes les jolies femmes de Paris.

— Un mirliflore! dit Caliban, c'est dommage.

— On l'appelait au collége le prince *Belles-Pattes;* mais avec ces pattes-là, il a écrit ce que vous venez d'entendre. .

La porte du salon s'ouvrit, et la vieille servante apporta une lettre.

— C'est donc vrai, madame, dit-elle en riant, que vous vous appelez à présent madame Case?

— Oui, ma bonne, répondit Olympe; c'est mon nom de guerre, mon nom de musique.

Madame de B*** lut le billet, et comme le porteur attendait une réponse, elle se rendit

3.

dans l'antichambre pour répondre verbalement.

— Mes amis, dit-elle en rentrant au salon, vous aurez demain soir des nouvelles de ce grand maître Mirliflore, de ce poëte compositeur aux belles pattes. Mon éditeur, qui est aussi le sien, donne un dîner au *Rocher de Cancale*, où sont invités quelques écrivains et musiciens célèbres. L'amphitryon m'annonce que j'aurai pour voisin le jeune maître à la mode.

— Il faut y aller en homme, dit Hercule.

— Je n'en suis pas d'avis, répondit Diogène. On ne saurait quoi dire à un gamin, tandis qu'une femme recevra tous les hommages de la compagnie.

— Tiens-toi bien, mon pauvre William, dit Caliban ; une conversation de table, où il faut du trait et de la légèreté, n'est pas ton affaire. Tu as l'esprit lent comme Ludovic Carrache que ses compagnons d'atelier appelaient le bœuf. Si l'on met sur le tapis quelque sujet sérieux, et qu'on approfondisse un peu la question, tu

peux espérer d'émettre quelque idée ingé-
nieuse, d'ouvrir quelque point de vue lumi-
neux; sinon, ô William, tu ne brilleras que
par les appas, la toilette et la modestie de ton
sexe.

— Ce que tu dis là est parfaitement vrai,
répondit Olympe avec bonhomie. Je m'obser-
verai donc, ô Caliban; je me tiendrai bien pour
tâcher de te faire honneur.

III

Dans une vaste et ancienne maison du faubourg Saint-Germain, contenant plusieurs corps de bâtiment, demeurait, au premier étage, Édouard de Falconey. Son appartement qui communiquait à un autre plus grand, occupé par sa famille, se composait d'une chambre à coucher et d'un salon meublé en cabinet de travail, décoré de gravures et d'objets d'art. Ses parents qui l'adoraient, ayant assez d'aisance pour ne point le presser ni le contrarier dans le choix d'un état, il avait atteint sa dix-

neuvième année sans avoir pu se décider à
adopter une carrière quelconque. Sa beauté, sa
jeunesse, ses excellentes manières, la recherche
un peu outrée de sa mise en faisaient un cavalier
remarquable et fort remarqué, surtout des
femmes; mais il avait d'autres avantages plus
rares. C'était l'homme le plus heureusement
doué de cette génération ardente et vivace qui
mettait tant de passion à toutes choses, qu'elle
sut faire d'une querelle littéraire une guerre
aussi longue et aussi acharnée que celle de
Troie.

Édouard de Falconey avait reçu de la nature
un caractère aimable et facile, que d'étranges
chagrins devaient altérer plus tard; mais si la
vie est un bien, jamais enfant ne vint au monde
sous de meilleurs auspices. Après des études
brillantes, il s'était fait, par beaucoup de lecture et de réflexion, une seconde éducation plus
solide encore que la première. Ayant d'égales
dispositions pour tous les arts, il mena de
front la peinture et la musique, sans penser

à en tirer autre chose que des délassements.

Pendant un été, sa mère avait loué une petite maison de campagne près de Paris, et il y
allait souvent à pied. Durant ces promenades
solitaires, il composait, pour tuer le temps, des
ariettes, des duos et des fugues, et il les écrivait en arrivant à la maison. Tantôt il imitait
les vieux maîtres italiens, tantôt les allemands;
un jour il copiait à s'y méprendre le style naïf
de Durante, ou la manière plus expressive de
Pergolèse; le lendemain c'était le savant Bach,
ou le majestueux Hændel. L'envie lui vint
enfin de traduire en mélodies ses propres sensations; c'est ainsi que la nature l'attirait sur
le chemin d'une vocation particulière.

Un jour, Falconey exécuta ses compositions
devant une assemblée assez nombreuse. On
leur trouva une allure vive et cavalière, et plus
d'originalité qu'il ne le pensait lui-même. Les
louanges lui furent prodiguées et les jeunes
gens l'appelèrent un maître. Mais il ne se laissa
pas étourdir par ces premiers encouragements.

—Je consens, disait-il un soir à un de ses plus intimes amis, je consens à devenir pour ceux qui m'aiment et qui s'amusent à m'applaudir un génie en herbe. Jouons à ma petite gloire naissante; je me ferai une muse de mon caprice. Si les femmes trouvent que j'ai raison, je me contenterai d'être, par passe-temps, le héros d'un cercle, et nous en rirons ensemble. Mais suppose qu'un homme sérieux me frappe sur l'épaule et qu'il me dise : « Jeune homme, à quoi penses-tu? » Je serais embarrassé de lui répondre, car je ne connais pas mes forces, et je ne vois pas nettement ce que je porte en moi. Ma vie n'est encore qu'une espèce de rêve assez doux. Brodons sur cette toile d'araignée, en attendant que nous sachions ce que j'ai dans la tête.

— Pour savoir ce qu'on porte en soi, répondit le confident d'Édouard, le moyen est simple : on en offre au public un échantillon. Le lendemain on se juge et on voit clair.

Falconey se décida enfin à publier un recueil

de mélodies espagnoles, contenant des séré-
nades, des boléros, des *tiranas*, et même quelques scènes dramatiques. Le bruit fut si grand
que l'auteur ne se montrait plus en public sans
y exciter des chuchotements dont il s'aperce-
vait. Dix lettres par jour, d'écritures incon-
nues, lui apportaient des témoignages plus ou
moins flatteurs d'admiration, d'intérêt et de
curiosité. A vingt ans, il se trouvait jeté dans
le monde de Paris, en pleine lumière, orné de
tous les prestiges qu'un homme de cet âge ose
à peine rêver. Le plaisir et l'imprévu venaient
au-devant de lui, sans qu'il prît la peine de les
chercher. Il connut, et parfois même il dédai-
gna des enivrements qui auraient suffi à griser
bien des têtes; mais la fatuité que les hommes
lui reprochaient n'existait qu'en apparence, et
les succès de tous genres faisaient si peu de
tort à son bon sens et à sa modestie, que son
génie se développait de jour en jour par le seul
effet du temps et de l'expérience. Au milieu
d'une vie dissipée, il produisit quelques mor-

ceaux de l'ordre le plus élevé, entre autres le *Chant du suicide*, qui déconcerta également les fanatiques et les détracteurs des fantaisies espagnoles.

Dans la même maison qu'Édouard demeurait un jeune peintre, garçon laborieux, d'une humeur gaie, mais d'un caractère grave, composant de petits tableaux de genre qui n'étaient pas absolument sans mérite, plus heureux dans son atelier qu'en aucun lieu du monde, très-sensible aux jouissances de l'esprit, bon causeur, d'une discrétion à toute épreuve, et réunissant, par conséquent, les qualités requises pour faire un ami sûr et un confident. Les deux jeunes gens vivaient dans une étroite union depuis plusieurs années; après les plaisirs communs, s'était naturellement établie entre eux la communauté des contrariétés et des peines.

Édouard avait tant à dire à son ami, tant d'aventures à lui raconter, tant de conseils à lui demander, que souvent il oubliait d'écouter, à son tour, les confidences de Pierre, — c'était

le nom du jeune peintre, — et d'ailleurs Pierre,
lorsqu'il avait un secret, n'éprouvait pas le besoin de le confier, même à ce compagnon qu'il
aimait comme un frère. Falconey, excessif,
exagéré en toutes choses, impressible comme
une sensitive, venait chercher dans le com-
merce de son ami du calme et des avis judi-
cieux. Leurs conversations se prolongeaient
souvent jusqu'au milieu de la nuit, et parfois
Édouard y prenait tant de plaisir, qu'il en
négligeait les soupers et les bals.

Un soir, Édouard se préparait à se rendre
chez une marquise du voisinage, et il contem-
plait avec satisfaction un habit neuf que son
tailleur venait de lui apporter. Pierre, plongé
dans un fauteuil, délibérait par complaisance
sur le choix d'un gilet, lorsqu'un domestique
entra, tenant à la main un billet qu'Édouard
tendit à son ami après y avoir jeté un regard
distrait :

— Lis donc cela, dit-il à Pierre. Dois-je accepter cette invitation ?

— Pourquoi pas? répondit Pierre. Tu fréquentes assez de belles dames et de grands seigneurs pour avoir la curiosité de dîner une fois en compagnie d'artistes distingués, et à côté d'une femme de talent.

— Eh bien, répondez que j'accepte avec plaisir, dit Édouard au domestique.

Puis il revint à sa toilette et à son habit neuf.

— Il serait de bon goût, reprit Pierre, avant d'aller à ce dîner du *Rocher de Cancale*, de procéder à un examen approfondi des *Chansons créoles*, afin de pouvoir en parler à ta voisine avec connaissance de cause.

Falconey ouvrit son piano et joua les deux premiers morceaux du recueil. Tout en admirant la beauté de cette musique et la riche imagination de l'auteur, il se permit, en homme du métier, quelques légères critiques.

Chaque maître a sa manière de grouper les accords et de conduire son harmonie. C'est ce qui constitue le style. Falconey trouva dans ce premier ouvrage de William Caze trop de re-

cherche et de prétention à l'effet. Le compositeur, disait-il, avait fait comme ces écrivains
qui abusent des adjectifs. Édouard prit un
crayon et corrigea plusieurs passages en y ré-
tablissant une harmonie moins tourmentée.
Ces changements donnaient aux deux morceaux, ainsi retouchés, un caractère plus naturel et plus simple, ce qui ajoutait encore à leur
charme poétique. Il ne poussa pas ce travail
au delà des premières pages; mais le cahier
de musique resta sur son bureau pendant plusieurs jours, et cette circonstance de rien eut
des conséquences graves, comme on le verra
bientôt.

IV

Le lendemain, à minuit, Édouard, qui avait achevé sa soirée à l'Opéra, monta chez son ami pour lui rendre compte du dîner esthétique et musical. Quoiqu'il fût le plus jeune des convives, on l'avait fêté, complimenté, traité avec de grands égards :

— Et la voisine de table, demanda Pierre, comment l'as-tu trouvée?

— Très-belle, répondit Édouard. C'est une femme comme je les aime : brune, pâle, olivâtre, avec des reflets de bronze et des yeux énormes, comme une Indienne. Je n'ai jamais pu regarder ces visages-là sans émotion. Sa physionomie peu mobile prend un certain air indépendant et fier, lorsqu'elle finit par s'animer en parlant. Cependant je confesse que la première impression ne m'a pas été agréable. Une toilette qui sentait la femme libre, et surtout un petit poignard suspendu à la ceinture, me donnèrent une idée fâcheuse du goût de la dame.

— Un poignard ! s'écria Pierre. Pourquoi diable un poignard? Il n'y a pas, que je sache, de brigands au *Rocher de Cancale*, comme dans les rochers de Terracine, ou si on y écorche les gens, c'est du moins sans violence. Une femme qui a tant soit peu de vertu n'a pas besoin de poignard pour la garder.

— Aussi, reprit Édouard, lorsque j'ai demandé en badinant à ma voisine ce qu'elle faisait de ce joujou-là, elle a rougi d'abord, puis elle m'a répondu : — Je voyage souvent, je m'habille quelquefois en homme, et comme je ne puis souffrir qu'on me protége, il me faut de quoi me défendre. Ce *joujou* portatif est toujours à mes ordres, et remplace avec avantage un cavalier servant qui m'ennuierait.

— Je serais curieux, ai-je ajouté, de voir comment vous maniez cette arme de marine au moment de l'abordage. — A quoi elle répondit avec un sang-froid parfait : — Il ne tiendra qu'à vous.

— Mon ami, dit Pierre, ce langage superbe et ce poignard à la ceinture ont une grande signification. Cela veut dire : lequel de vous est assez hardi pour me faire la guerre? *Debellare superbos.* Cette femme-là connaît les auteurs classiques. Mais qu'avez-vous dit encore?

— N'ayant pas l'intention de taquiner ma voisine, poursuivit Édouard, je lui ai fait remarquer que nous étions gens du même pays, puisqu'elle avait adopté le nom d'un grand poëte anglais et que le mien était celui de plusieurs rois d'Angleterre. Ensuite, la paix étant signée, nous causâmes paisiblement. A la façon

dédaigneuse et ironique dont elle parla du mariage, je compris qu'elle avait à se plaindre de
cette institution. Sur ce sujet, elle émit de l'air
le plus innocent du monde et avec beaucoup
d'assurance quelques idées d'une philosophie
passablement subversive et d'une justesse très-
contestable. Et puis, comme la conversation
devint générale, elle parut écouter avec intérêt
sans vouloir prendre la parole.

— Et toi, demanda Pierre, as-tu été brillant?
En présence d'une jolie femme la conversation
devient un tournoi : as-tu rompu quelque bonne
lance?

— J'ai dit mon mot, comme les autres.

— Raconte-moi donc cela. Ne vas-tu pas faire
le modeste avec moi?

— Eh bien! reprit Édouard, on parlait des
découvertes de Cuvier, qui vient de mourir, et
du *Cosmos* de M. de Humboldt. Je m'avisai de
dire que nous autres poëtes et artistes nous n'a-
vions pas besoin de savoir que la terre tourne
autour du soleil. On ne manqua pas de se ré-

crier ; on me pressa de m'expliquer, et je sou-
tins cette thèse : que les arts et la poésie n'ont
affaire qu'au dieu artiste, qu'ils ne connaissent
pas le dieu mathématicien, et que si cela convient à ma pensée, je n'hésiterai pas à faire
tourner le soleil autour de la terre.

Tandis que mes contradicteurs parlaient tous
à la fois, ma voisine me dit à l'oreille : « Prenez garde, ils vous mettront à la torture pour
l'hérésie du tournoiement du soleil, comme
Galilée pour la doctrine contraire. » Je récla-
mai un peu de silence en annonçant que ma
voisine avait un mot à dire en ma faveur. On
s'empressa de donner la parole à William Caze.
La dame parut embarrassée de l'attention extrême qu'on lui prêtait. Cependant elle sur-
monta son trouble :

— Je me range, dit-elle, à l'opinion de M. de
Falconey. Que nous importe, à nous autres, la
pesanteur d'un astre, et si son attraction est en
raison directe de son volume et en raison inverse
du carré des distances? Ce qui nous touche,

c'est l'éclat, la puissance, la beauté merveilleuse du soleil, les spectacles sublimes qu'il
nous donne; c'est de voir en lui le père de la
lumière, de la chaleur et de la vie, la source
du bonheur et de l'amour. Je trouve donc la
distinction posée par mon jeune voisin entre le
dieu des poëtes et celui des savants satisfaisante
pour mon faible esprit, et j'ajouterai, à l'appui
de son opinion, que les découvertes de Newton,
de Galilée et de M. de Humboldt peuvent battre en brèche la Genèse, sans ôter rien de sa
valeur à la *Création* du bonhomme Haydn.

— Par ma foi! s'écria Pierre, je ne connais
pas une seconde femme capable de raisonner
ainsi. Je lui pardonne son poignard à la ceinture. Mais qu'ont répondu vos adversaires?

— Ils nous ont condamnés, d'une seule voix,
disant que notre univers, avec son firmament
en voûte' et son soleil unique, fait exprès pour
notre grain de sable, était une chose petite et
mesquine. A force de les entendre crier, je sentis le feu me monter aux oreilles; et comme

ma voisine ne voulait plus combattre, je me
vis obligé de remonter en selle :

Vous oubliez, leur dis-je, que mon premier
mot a été, en commençant, que le soleil tour-
nera autour de la terre, si cette hypothèse convient à la pensée du poëte ou du musicien;
mais, si j'adopte le créateur selon la science
d'aujourd'hui, nous ne serons pas encore
pour cela du même avis; c'est votre univers
qui va me paraître, à son tour, chétif et mes-
quin.

« Que cette terre est petite! dites-vous, quel
grain de sable que le soleil qui l'éclaire, parmi
tant de soleils! »

— Moi, je vous réponds : Que votre univers
est petit! Quel grain de sable dans le vide que
ce frêle tourbillon d'étoiles et de soleils, jeté
dans un coin de l'espace, comme un haillon
parsemé d'or! Qui êtes-vous donc, vous qui
croyez avoir un Dieu pour cet univers imperceptible, dont la grandeur effraye votre pensée?
vous qui avez cherché le plus pur de votre

fange et qui l'avez pétrie sur votre moule im-
parfait et misérable pour vous en faire un Dieu
qui vous ressemble? Vous avez pour lois le
mal et le bien, l'attraction et la pesanteur;
mais dans un autre coin de la nuit sans bornes,
tout près de vous, à quelques milliards de
lieues seulement, s'agite aussi, sous quelques
lampes vacillantes, quelque autre petit univers vivant sous d'autres lois. Dans celui-là, il
n'y a ni bien ni mal, ni poids ni forces. Les
êtres qui l'habitent ont d'autres sens; ils saisis-
sent ce qui les entoure par d'autres moyens
que vos yeux ternes et vos mains tremblantes.
Ici, là-bas, partout, l'espace est rempli de com-
binaisons savantes, diverses, toutes debout
dans l'infini, toutes ayant, comme vous, de
quoi vivre une éternité ou deux. Tout ce qui
est possible est fait; tous les systèmes de la vie
combinée avec la matière ont été tirés du chaos;
et cependant, si le Dieu qui les a fait éclore
soufflait dessus quelque matin, il n'aurait qu'à
regarder le néant pour en faire sortir un nom-

bre égal, un nombre encore infini de créations nouvelles.

— Je vois ici les convives, dit Pierre, applaudissant cette tirade comme un morceau de musique, et le mot *une éternité ou deux* comme une cadence bien faite ou un *arpeggio* brillant.

— Précisément, reprit Édouard, si bien que j'en étais embarrassé. Je leur avais fait une sortie à la manière de Diderot, ce qui m'arrive si rarement que je leur demandai pardon de m'être échauffé dans la discussion plus que je ne l'aurais voulu. Heureusement on eut l'air de me croire lorsque j'affirmai que ces boutades déclamatoires n'étaient point dans mes mœurs de tous les jours. Nous étions au dessert ; l'amphitryon se leva de table, et je donnai le bras à ma voisine pour la mener dans un salon où l'on avait préparé le café. Pendant ce passage d'une pièce à l'autre, je remarquai avec étonnement qu'elle ne portait plus son poignard à la ceinture. Elle l'avait sans doute glissé dans sa poche.

— Elle avait désarmé! s'écria Pierre; c'était une façon emblématique de te décerner le prix du tournoi. Les femmes s'entendent admirablement à parler ce langage. Celle-ci a compris que l'ennui s'enfuyait par une porte lorsque tu entrais par l'autre; elle désire faire ta connaissance.

— Là-dessus, poursuivit Édouard, je pris mon chapeau pour me rendre à l'Opéra, où l'on jouait *le Dieu et la Bayadère*.

— Et comment t'es-tu séparé de la dame?

— En pressant respectueusement le bout de son gant qu'elle daigna tendre vers moi. Elle m'invita d'un air gracieux et ouvert à me présenter chez elle si l'envie m'en venait, et je lui promis d'aller la voir.

— Prends garde, mon ami, dit Pierre. Cette femme est belle, séduisante, et ce qui me paraît bien plus grave, elle te plaît; mais de son cœur tu n'as pas la moindre notion, et s'il était de bronze comme sa peau, ou si elle n'en avait point, plus son intelligence est grande, plus elle serait dangereuse.

— Allons donc! répondit Édouard en allumant son bougeoir.

Et tandis que son ami descendait l'escalier en fredonnant, Pierre, qui avait bonne mémoire, transcrivit fidèlement sur une feuille de papier les détails du dîner au *Rocher de Cancale*, et il n'oublia pas, comme on le peut croire, la tirade sur l'univers et le Dieu de la science.

Olympe, qui était rentrée chez elle vers neuf heures, avait rendu à ses amis un compte moins exact et moins circonstancié de sa soirée. Vainement Diogène la pressait de questions; elle lui répondait par monosyllabes. Lorsqu'on lui demanda ce qu'elle pensait de Falconey et s'il avait fait de grands frais pour lui plaire :

— Je n'en pense ni bien ni mal, répondit-elle; pour de l'esprit, il en a beaucoup; mais s'il a fait des frais pour moi, je n'y ai guère pris garde. Nous n'avons été du même avis sur rien. Il a improvisé fort longuement sur je ne sais quoi, le *Cosmos* de M. de Humboldt, je crois. Le dîner, d'ailleurs, était fort beau.

— Voilà donc, dit Caliban, les détails que tu nous avais promis? Mon cher William, tu ressembles, en ce moment, à ces romanciers qui annoncent pompeusement au lecteur que le héros de leur histoire a beaucoup d'esprit, et qui ne savent quoi lui faire dire.

— C'est peut-être, répondit Olympe, que je me soucie fort peu du héros en question, et que je songe à autre chose.

— Parlons bas, messieurs, reprit Caliban; William est rêveur. William a du sombre dans l'âme, ou bien quelque pensée trotte dans son vaste esprit, comme un rat dans un grenier. Faut-il nous retirer, William?

— Comme tu voudras, répondit la dame. Va-t'en ou reste; c'est tout un.

Olympe prit du papier à musique et se mit à écrire sur un coin de la table, entre la bouteille de bière et le sucrier, au bruit des verres et de la conversation, aussi tranquillement que si elle

eût été dans la solitude. Cette puissance de con-
centration était une de ses facultés les plus re-
marquables. Ses amis n'étaient pas gens à se
fâcher sans raison. Ils continuèrent à causer et
à boire. Cependant, au bout d'une heure,
comme leur amie semblait s'isoler de plus en
plus, ils se retirèrent ensemble.

— Qu'a-t-elle donc? demanda Hercule.

— Mes amis, répondit Caliban, je la connais
depuis son enfance, et sur le bout du doigt. Il
y aura bientôt du nouveau.

V

Peu de jours après, Falconey fit sa première visite à Olympe. Il la trouva dans un de ces négligés pittoresques qui ne seyaient qu'à elle. Son accueil fut cordial, son ton naturel, gai, sans prétention, elle offrit au visiteur d'excellent tabac d'Égypte, et s'assit à terre sur un coussin pour fumer une longue pipe en cerisier de Bosnie. Afin de profiter des avantages et du beau jeu que lui faisait cet agréable laisser aller de la vie d'artiste, Édouard feignit de regarder avec un vif intérêt les babouches de la dame. Il en admira la forme et les broderies, mit un genou en terre pour les regarder de plus près, et posa doucement son doigt sur le bout du pied, en indiquant ce qui lui semblait vraiment oriental parmi les dessins de ces broderies.

Olympe, n'osant point retirer son pied de peur de montrer une pruderie hors de saison, se prêta de bonne grâce à la fantaisie d'Édouard, et lui dit, en souriant, qu'elle était bien aise de prendre avec ses babouches la revanche du mauvais effet de son poignard. Ils demeurèrent dans cette attitude, pendant un moment très-court, où le regard le plus scrutateur n'aurait pu découvrir d'un côté qu'une curiosité d'enfant et de l'autre qu'une simplicité bienveillante, sans ombre de coquetterie; cependant tous deux avaient compris qu'ils se plaisaient réciproquement, et que leurs cœurs étaient faits pour se mesurer ensemble. Ils eurent beau parler de choses insignifiantes, les yeux, la voix, le geste, tout venait confirmer cette

révélation subite. L'arrivée même de Diogène et
de Caliban, qui rompit le tête-à-tête, n'eut point
le pouvoir de suspendre cet échange tacite de
pensées et de sentiments. Au bout d'un quart
d'heure, ils savaient que, depuis leur première
rencontre, ils avaient rêvé l'un à l'autre, et
qu'ils pourraient à l'avenir s'aimer, se séparer,
se trahir peut-être, mais que jamais ils ne
pourraient se devenir indifférents.

Caliban et Diogène, dès leur entrée, se donnèrent le plaisir de montrer jusqu'où allaient
leurs immunités et priviléges. Le premier eut
soin de tutoyer son amie et s'assit, comme elle, à
la turque; le second se coucha de son long sur le
canapé. Olympe, sentant que la mauvaise tenue
de ses commensaux lui pouvait nuire, s'était
aussitôt relevée de son coussin et assise dans un
fauteuil.

Falconey ne fit point semblant de remarquer
les postures malséantes des deux rustres, et dé-
ploya ses manières de gentilhomme, en affectant
une courtoisie respectueuse, dont Olympe le

remercia du regard. Diogène s'en aperçut, et pour se venger il lança quelques plaisanteries blessantes contre les gens du faubourg Saint-Germain, sur leurs airs d'autrefois, leurs idées surannées et leur politique rétrospective. Édouard, nourri dans ce monde-là, l'aimait et le respectait. Il ne se croyait point obligé de renier ses amis pour avoir acquis des talents et de la réputation.

— Ce monde que vous attaquez, dit-il à Diogène, forme une classe considérable de la société de Paris, et ce n'est pas la moins aimable. Je tiens à honneur d'y être admis et je vous demande grâce pour elle. Si vous ne la trouvez pas conséquente avec le siècle où elle vit, elle l'est avec ses principes et ses traditions. Elle en a conservé ce qu'on remarque en elle de beau, de brave et d'honorable. Quand on la regarde de près, on peut s'étonner de voir tout ce qu'un bon naturel, une probité sévère, un honneur sans tache peuvent encore faire d'un galant homme dans le siècle où nous vivons. Je rencontre souvent dans cette compagnie des gens que j'ai reconnus pour avoir un cœur ferme, une âme noble et généreuse, et je ne saurais dire ce qui leur manque lorsqu'ils ont, en outre, l'esprit cultivé, et beaucoup de politesse.

— Et une tenue décente, ajouta Olympe.

— Est-ce pour moi que vous dites cela? demanda Diogène.

— Pour vous-même, et à vous-même.

— Fort bien; je comprends : vous ne me trouvez pas assez bien élevé pour votre salon. Vous voulez faire maison neuve et balayer les anciens amis. Contentez votre envie. Si vous désirez me revoir, vous savez où je demeure : écrivez-moi.

— Je n'en suis pas en peine, répondit Olympe; vous reviendrez bien sans qu'on vous rappelle.

Diogène sortit sans saluer ni la maîtresse de la maison ni le visiteur. Aussitôt la porte fermée, Caliban se leva et courut se jeter à deux genoux devant Olympe :

— Mon bon William, dit-il, en joignant les
mains, ne me renvoie pas, je t'en conjure. Je
suis aussi un sauvage, un manant, mais si tu
me chasses, je m'en irai mourir dans les bois
comme une vache égarée. Pardonne-moi. Je
ne me vautrerai plus dans les coins; je serai
bien sage, bien droit sur ma chaise et je ferai
tourner mes pouces, comme Thomas Diafoirus.
J'achèterai un habit noir, en véritable elbeuf;
je mettrai une cravate blanche, un gilet jaune
en chamois; je me ferai *gentleman* et je res-
semblerai au portrait de sir Robert Peel.

Tout en badinant, le pauvre Caliban avait
des larmes dans les yeux.

— Oui, mon vieux camarade, lui répondit
Olympe, tu resteras chez moi. Non-seulement
je ne t'en bannirai point, mais je te permets
de te vautrer derrière mes rideaux et de me
lancer tes lardons accoutumés; je ne m'en fâ-
cherai jamais, parce que je sais que tu m'aimes et que tu te mettrais dans le feu pour
moi.

— Monsieur de Falconey, ajouta Olympe, je vous présente Caliban, le meilleur et le plus mal élevé des hommes. Prenez le temps de le connaître, et vous verrez qu'il vous gagnera le cœur.

Caliban fit une espèce d'entrechat :

— Dieu soit loué! dit-il, j'échappe au coup d'État! Je reprends possession de mon coin, et je ne l'échangerais pas contre une place à la chambre des lords.

Pierre déposa sa palette et ses pinceaux lorsqu'Édouard lui vint raconter tous les détails de cette première visite. Il parut écouter avec la plus grande attention, observant la physionomie du narrateur, étudiant les inflexions de la voix et quand le récit fut achevé :

— Mon ami, dit-il, toutes ces petites circonstances ne m'apprennent rien de ce qui s'est passé dans ton cœur; il faut que je sache si, lorsque tu as eu l'imprudence de poser ton doigt sur la pantoufle de cette femme, quelque terrible commotion n'est point partie de cette pantoufle comme d'une bouteille de Leyde.

— Je ne le nierai pas, répondit Édouard, j'ai cru sentir des courants électriques monter de la pantoufle dans le bout de mon doigt et se répandre dans tout mon être; mais il n'y a pas paru à mon visage.

— Qu'importe le visage? reprit Pierre. Du train dont vous y allez tous deux, vous serez amants dans quinze jours, si vous ne vous aimez déjà. Il y a péril. Cette femme est mystérieuse, compliquée; tantôt douce, pleine de bonhomie, généreuse, tantôt dure, orgueilleuse, susceptible. Il n'y a pas plus d'un mois elle aimait encore un charmant garçon, nommé Jean Cazeau. D'où vient qu'on ne le voit plus chez elle? Je saurai la cause de leur rupture. Je connais des amis de Jean Cazeau; je les interrogerai; je percerai à jour la vie de cette femme. Promets-moi seulement de ne pas devenir amoureux d'elle avant ce soir.

En parlant ainsi, Pierre s'habillait, prenait

son chapeau, poussait son ami dehors et fermait la porte de son atelier. Il employa la journée entière à courir de l'un chez l'autre, recueillant les plus légers indices sur le caractère d'Olympe et sur ses antécédents, comme s'il se fût agi d'un projet de mariage. Cette enquête le mena jusqu'au quai de Gèvres, où il voulait s'assurer que Jean Cazeau était réellement parti pour l'Italie. Le concierge de la maison s'empressa de raconter l'étrange expédition du secrétaire forcé. Comme il avait craint d'être soupçonné de vol, il insista pour faire voir à un témoin les traces de l'effraction. Des informations qu'il avait prises, Pierre conclut que William Caze était un excellent camarade, un bon ami, de mœurs douces, capable de dévouement, mais qu'Olympe était une femme dangereuse, près de laquelle un homme raisonnable devait tenir son cœur à deux mains. Lorsqu'il eut raconté à Édouard le triste dénoûment des amours de Jean Cazeau :

— Mon ami, lui dit-il, rappelle-toi, dans le

voyage que nous avons fait ensemble au Havre,
ce passage périlleux de la barre de Quillebœuf,
où l'on voyait au-dessus des vagues les dra-
peaux noirs attachés aux mâts des navires en-
gloutis. Dans la vie de cette femme, il y a un
drapeau noir. Je te l'ai montré. L'écueil est
signalé : fais maintenant ce que tu voudras.

— Mon ami, répondit Édouard, l'empereur
Charles-Quint, qui se connaissait en hommes,
disait : « Quand les gens se donnent à vous pour
bons et loyaux, il faut les croire, ou, du moins,
il faut agir avec eux comme s'ils étaient tels, et
les forcer à le devenir, s'ils ne le sont point. »
Une femme belle, aimable, intelligente vient à
moi en souriant, le regard doux, la main ouverte, et j'irais la supposer fausse, dangereuse
et déloyale ! Et cela sur des propos d'amoureux
maltraités, d'amis jaloux et de gens envieux !
Fi donc ! Et quand elle aurait été cruelle et
perfide avec d'autres, elle sera, pour moi seul,
bonne, sincère et noble, parce que je la croi-

rai telle. Le mal qu'on cherche et dont on se défie sort de terre; celui qu'on ne veut pas voir et sur lequel on marche n'existe pas.

— Voilà ce que je craignais, murmura Pierre : rien n'y fera parce que cette femme a la peau couleur de bronze.

Mais Pierre se trompait. Ce n'était pas seulement par les yeux que Falconey se laissait prendre; le charme qui l'attirait vers Olympe venait d'une source profonde et cachée. Précisément parce que les hommes de génie ont reçu le don cruel de sentir plus vivement que les autres et d'exprimer leurs sentiments dans un langage que le vulgaire ne parle pas, la nature leur inspire le besoin des épreuves et de la souffrance. Un instinct merveilleux leur fait distinguer à première vue les êtres desquels ils peuvent attendre de grandes joies et de grandes douleurs. Un penchant fatal et irrésistible les entraîne; plus le danger est évident, plus ils le cherchent avec ardeur et plus leur cœur se li-

\re à qui peut le déchirer. Ils y courent comme les premiers chrétiens au martyre; ils en reviennent meurtris, mais plus grands, et ces secousses terribles font leur malheur et leur gloire.

_____

VI

La semaine ne s'écoula pas sans que Falconey reprît le chemin de la rue Mazarine, où demeurait Olympe. De cette seconde visite, il ne dit rien à son ami. Pierre n'eut point l air de s'apercevoir d'une réserve si peu ordinaire. Il n'était pas homme à donner des conseils dont on ne voulait pas; mais comme il parlait d'autre chose :

— Regarde donc sur mon bureau, lui dit Édouard, tu y verras une lettre commencée :

fais-moi le plaisir de la lire, je veux savoir si elle a le sens commun.

Pierre lut ce qui suit : « Je vous prie de le croire, madame, je connais mon monde. Je sais que ce serait une faute, sinon une impertinence, que d'écrire à une femme de Paris qu'on l'aime, sans l'y avoir préparée par un certain nombre de tours de valses et par un déluge raisonnable de fadaises. Le cœur d'une jolie Parisienne n'est pas comme un tapis de jeu, où l'on jette une pièce en disant : *rouge* ou *noire*. C'est une table de bon ton, où il faut compter ses cartes, regarder par-dessus l'épaule de son voisin, avoir des as dans sa manche; encore ne gagne-t-on pas toujours. Mais vous n'êtes point une Parisienne, et je me demande si une femme comme vous a des jours et des heures où il lui convient d'entendre sans colère l'expression d'un sentiment vrai, et s'il ne vaut pas mieux lui en faire part à l'instant où ce sentiment vient d'éclore... »

— Tu peux achever ce billet doux, et l'en-

voyer, dit Pierre; je n'y vois pas d'inconvénient. On te répondra : « Enfant que vous êtes !
j'ai huit ans de plus que vous ! » Et l'on t'of-
frira la chaste sympathie et la sainte amitié,
refrain obligé de la chanson, jusqu'au jour où
l'on consentira, par charité, par pure bonté
d'âme, à devenir ta maîtresse pour t'empêcher
de souffrir; en sorte que l'amour se présentera
orné de tous les charmes d'un médicament ou
d'un régime hygiénique.

Pierre se trompait encore; Olympe répondit
en termes pleins de franchise et de naturel :
« Vous avez bien raison, monsieur, écrivait-
elle, de ne point me traiter en Parisienne; mais
puisque vous avouez qu'en agissant comme
vous le faites, vous auriez commis une faute
grave si j'étais de ce monde raffiné où vous vi-
vez, je me demande comment vous répondrait
une autre femme que moi. Apparemment elle
se fâcherait et vous fermerait sa porte. Je m'estime heureuse de ne pas être forcée de prendre
une mesure de rigueur qui interromprait dès

leur début nos bonnes relations. J'en serais
aussi punie que vous. Mais, hélas! où va nous
conduire le sujet que vous abordez dans votre
lettre? N'avez-vous donc plus autre chose à me
dire? Que je vous serais reconnaissante de venir me voir et de ne point m'en parler! J'ose à
peine espérer que dans votre beau monde on
puisse avoir tant de bonne grâce et de générosité. Cette pensée mêle un peu de tristesse
aux compliments bien sincères que vous envoie
votre confrère.

« WILLIAM. »

Falconey, touché au cœur par cette réponse
loyale, se rendit à l'instant chez Olympe, bien
résolu à laisser en suspens sa déclaration d'a-
mour commencée. Il ne voulait point qu'un
appel à son bon goût fût sans succès; une visite
de simple politesse, placée comme une paren-
thèse entre deux phrases de galanterie, lui semblait une chose neuve et amusante. Il jura
sur son honneur qu'il ne dirait pas un mot

d'amour, à moins que la dame ne voulût en parler et qu'elle n'entamât ce sujet la première. Pierre approuva fort cette manière de voir et de sentir. Il remonta dans son atelier pour y attendre paisiblement le retour de son ami.

A la nuit tombante Édouard n'étant pas encore rentré, Pierre supposa qu'on l'avait retenu à dîner. Il attendit le soir jusqu'à minuit. Il aurait pu attendre pendant huit jours, puisque son ami ne rentra pas de toute la semaine; mais un exprès lui apporta le lendemain matin la lettre suivante, écrite sur du gros papier de cuisine, et qu'il conserva précieusement :

« J'ai tenu ma promesse, cher Pierre, je n'ai pas parlé d'amour. Nous n'avions pas songé à une chose : c'est que l'amour s'exprime de cent façons, et qu'il se moque des formules et des sons. Qu'est-ce que des mots pour lui? qu'importe de quoi parlent les lèvres, lorsqu'on écoute les cœurs se répondre? Quelle douceur infinie dans les premiers regards près d'une femme qui vous attire! D'abord il semble que tout ce

qu'on dit en présence l'un de l'autre soit
comme des essais timides, comme de légères
épreuves; bientôt naît une joie étrange; on sent
qu'on a frappé un écho; on s'anime d'une
double vie; quel toucher! quelle approche! et
quand on est sûr de s'aimer; quand on a re-
connu dans l'être chéri la fraternité qu'on y
cherchait, quelle sérénité dans l'âme! la parole
expire d'elle-même; on sait d'avance ce qu'on va
se dire; les cœurs s'entendent, les lèvres se tai-
sent. Quel silence! quel oubli de tout! voilà comment j'ai tenu ma promesse de me taire. Il ne faut
pas m'en vouloir. Mon bon Pierre, je l'aimais
avant de partir. Je suis heureux, pardonne-
moi. »

Le troisième jour, une autre lettre d'un style
bien différent invitait Pierre à venir passer la
soirée rue Mazarine : « Ta présence, lui disait
son ami, me paraît absolument nécessaire à la
fête que nous donnons pour célébrer ta première
entrée dans le salon violet de William. Si tu ne
venais pas, la solennité atteindrait difficilement

son véritable but, et comme le nombre des invités s'élève à un, mon *oisillon* déclare qu'elle mettrait le souper sous clef. »

Au bas de la page était ce post-scriptum d'une autre écriture que celle du billet : « L'oisillon avertit Pierre que la porte étant fermée, il devra dire son nom au Cerbère Justine. »

— Allons! dit Pierre, mon rôle de sermonneur est fini; ne nous faisons pas prier pour en accepter un autre plus divertissant.

Le soir, il trouva le salon violet éclairé *a giorno*. Édouard debout à la cheminée était déguisé en marquis du siècle dernier : habit de couleur queue de serin, culotte courte, bas de soie blancs, souliers à boucles d'or, perruque poudrée. Olympe, en vertugadins à grands ramages, double jupe et robe relevée par des nœuds de rubans, le visage orné de mouches, ses cheveux naturels poudrés à frimas, se tenait au milieu du salon pour recevoir le visiteur illustre; elle lui récita un compliment burlesque, appris par cœur.

Il n'en fallait pas tant pour briser la glace.
Pierre, à qui on avait préparé un costume du
même temps que les deux autres, courut s'habiller dans la chambre d'Édouard, et revint
aussi disposé à rire que ses hôtes. Admis dans
la société intime du prince Iréneus et de la prin-
cesse Edwige, il sentit le besoin de prendre le
titre et le nom de conseiller Gérondif de Pim-
prenelle. La soirée ne fut qu'un feu roulant
perpétuel de plaisanteries, que scènes et discussions comiques, où chacun soutint son personnage avec cette conscience que donne la vraie
gaieté. Plus d'un homme sérieux eût pris plaisir à entendre de tels propos, et en peu de temps
l'ivresse du rire et de la folie l'eût peut-être
gagné lui-même.

Pierre fit honneur au souper, paya son écot
en saillies et rentra chez lui au petit jour, com-
plétement subjugué par les grâces, le sans-façon
cordial, l'esprit aimable et la franche bonhomie
de son hôtesse. Le lendemain, assis devant son
chevalet, il riait encore aux souvenirs de cette

soirée charmante, et se demandait comment il avait pu soupçonner de noirceur et de fausseté une personne qui témoignait si hautement la bravoure de son cœur. Pierre se promit de réparer cette injustice en se faisant désormais le défenseur de celle qu'il avait attaquée. Les jours suivants, il se rendit le soir chez ses amis, et les conversations, tantôt gaies et tantôt sérieuses qu'il eut avec Olympe, achevèrent sa conquête.

— Édouard avait raison, se disait-il; quand même cette femme aurait été cruelle et perfide envers les autres, elle sera bonne et loyale pour lui.

VII

Malgré la discrétion à toute épreuve de leur confident, on sut bientôt qu'Édouard et Olympe étaient enfermés ensemble. Les habitués de la maison, trouvant sans cesse la porte close, privés d'ailleurs de leurs rafraîchissements quotidiens, murmuraient entre eux. La vieille Justine se laissa tirer le secret de ces innovations dans la vie de sa maîtresse. Le malheur des artistes de génie est de ne pouvoir jamais se soustraire à l'attention générale. On épluche, on commente leurs moindres actions, et on leur fait payer cher les avantages de la réputation, en publiant avec zèle ce qui peut leur nuire. En un moment, tout le monde se mit à jaser de la visite de huit jours que Falconey avait faite à William Caze. Pierre crut devoir en avertir ses amis. Ils commencèrent par se moquer des bavardages, et puis, afin de leur échapper, ils formèrent avec joie le projet d'aller se cacher à la campagne. Comme ils voulaient des bois et de l'eau, la petite ville de Moret, située près des bords du Loing et sur la lisière d'une forêt, leur parut mériter la préférence. On convint de se séparer pour deux jours seulement, et de se retrouver le troisième sur le bateau à vapeur de Montereau.

Pendant le temps de la séparation, la maison de William Caze fut rouverte aux buveurs de bière; mais le silence et les bâillements leur apprirent, à n'en pouvoir douter, que la pensée de leur amie voyageait bien loin de leur bohémienne compagnie. Enfin, le second jour, Olympe n'y pouvant plus tenir, vint sonner à la porte d'Édouard. Elle le trouva préparant son bagage avec l'aide de Pierre. Ils demeurèrent tous trois ensemble à causer jusqu'à six heures; et comme l'envie leur vint d'aller dîner au cabaret, Édouard passa dans sa chambre pour s'habiller, tandis que Pierre montait chez lui pour prendre son chapeau. Olympe, seule dans le cabinet d'études, remarqua sur le bureau le cahier des *Chansons créoles*, ouvert à la première page. Elle posa ce cahier sur le piano et se mit à jouer les deux premiers morceaux, en exécutant les changements faits par Falconey. La fenêtre était ouverte. Pierre entendit de loin les sons de l'instrument, et reconnut à la fois le jeu d'Olympe et les corrections d'Édouard. Il en eut des éblouissements de surprise et de crainte. De son côté Falconey resta un moment comme pétrifié, cherchant dans sa tête de quel prétexte il se servirait pour faire excuser à l'auteur ce travail qui constituait la critique la plus sanglante de son œuvre; et comme il ne trouva rien :

— Bah! se dit-il, des accords de septième diminuée, des fausses quintes et quelques bémols de plus ou de moins n'auraient pas le pouvoir de brouiller ensemble deux amants fidèles.

Lorsqu'il rentra dans le salon, pour interrompre la musique, Olympe lui demanda la permission d'achever la lecture des deux morceaux corrigés :

— Cette version vaut mieux que la mienne, dit-elle; vous avez fait là un excellent travail, et qui me servira. Vous verrez à mes autres ouvrages le profit que je prétends tirer de cette leçon.

Plusieurs fois, dans le courant de la soirée, Olympe eut des accès de rêverie dont elle sortait en répétant :

— Ces corrections étaient excellentes. On y reconnaît la main du maître.

Bien qu'on ne sentît pas la plus légère apparence de mauvaise humeur ou de dépit dans ces réflexions, Pierre demeura persuadé que l'amour-propre de William Caze avait reçu ce jour-là une blessure profonde.

Les amoureux trouvèrent à Moret un véritable nid qui semblait fait pour eux. Leur maisonnette n'était qu'à vingt minutes de marche de la forêt. Grâce à deux anciennes montures de gendarmes qu'on voulut bien leur louer, ils chevauchèrent nuit et jour dans les bois.

Le beau site de la Malmontagne, bien connu des artistes, était le lieu préféré d'Édouard, à cause de ses groupes de rochers qui prenaient des aspects fantastiques aux rayons de la lune. Les deux rôdeurs nocturnes y revenaient sans cesse. Comme le héros de Cervantes et son fidèle écuyer, ils laissaient leurs paisibles montures brouter l'herbe des heures entières, et ils grimpaient sur le dos des blocs de grès qui ressemblaient à des éléphants endormis; ou bien ils s'asseyaient côte à côte, laissant leur fantaisie courir à l'aventure; mais lorsqu'ils se mettaient à parler d'eux-mêmes, de leurs projets, de leur amour et de leur bonheur, ils oubliaient si bien le temps que le matin venait parfois les surprendre.

Pendant ces longues causeries, dans la plus belle des solitudes, Olympe entendit un langage qu'aucune autre femme ne connaîtra jamais. Le cœur qui s'ouvrit à elle pendant ces tièdes nuits de septembre contenait de tels trésors de tendresse et de passion, il parlait une langue si poétique et si élevée, soutenu comme il l'était par l'imagination la plus brillante et la plus active, dans toute la fraîcheur de la jeunesse, ce cœur de vingt-deux ans était si plein, si amoureux, si éloquent, qu'on se demande comment la créature qui en a vu le fond, qui en a recueilli les richesses, partagé les émotions et compté les battements, a pu non-seulement perdre le souvenir de ces moments de bonheur, mais les nier, les flétrir, les salir par d'atroces mensonges, en représentant cette époque de sa vie comme un temps de dures épreuves, et les amours les plus nobles du monde comme un calice amer.

Nos amoureux avaient le dessein de passer une semaine à Moret; ils y restèrent plus de quinze jours, sans qu'il s'élevât entre eux l'ombre d'un nuage ou le semblant d'une querelle, sans une seconde d'ennui ou de lassitude d'être ensemble. Il ne se forma pas un léger pli dans les feuilles de roses dont l'amour, la confiance et la sécurité leur faisaient un lit plus doux que celui du voluptueux de Sybaris. Les vents d'équinoxe, la pluie et les premiers froids eurent seuls le pouvoir de les forcer à déloger. La forêt ne les préservait pas aussi bien du mauvais temps que des ardeurs du soleil; leur petite habitation, assez mal close, ramenait leur pensée vers Paris et le salon violet. Ils en étaient partis pour fuir les indiscrets et les curieux; ils y revinrent avec l'intention d'y recevoir de nouveaux amis et de se composer pour l'hiver un cercle agréable.

Olympe voulut rendre un dîner à son éditeur et à plusieurs des convives du *Rocher de Cancale*. Édouard fit la liste des invités. Les trois commensaux ordinaires de la maison en étaient exclus, ce qui causa parmi eux une grande rumeur. Les autres convives étaient des hommes trop intelligents pour ne point deviner les rapports qui existaient entre Olympe et Falconey. Ils ne se croyaient point obligés d'en garder le secret, en sorte que leurs remarques prirent les proportions d'une publicité complète. Olympe le souhaitait ainsi; elle voulait avoir l'univers pour confident et spectateur de ses amours, désormais associées à sa gloire d'artiste; elle voulait mettre celui qu'elle aimait, aussi bien qu'elle, dans l'impossibilité de leur donner jamais une fin vulgaire ou honteuse. Elle voulait que ces amours fussent justiciables de l'opinion du monde et de celle de la postérité. Ses vaisseaux étaient brûlés.

Pierre trouvait cette conduite insensée; mais il se plaisait à rendre un éclatant hommage au caractère de cette femme, qui poussait la sincérité jusqu'à l'imprudence. En peu de temps, la compagnie du salon violet se trouva renouvelée.

Don Stentor ennuyait Édouard; on le reçut froidement, et il se retira sans regret d'une maison où le ton devenait trop précieux et trop guindé pour lui. Diogène, à qui les leçons de savoir-vivre ne profitaient point, se donnait par bravade des airs de plus en plus familiers, pensant qu'on n'aurait pas l'audace de le congédier. A la prière d'Olympe, Falconey lui fit entendre qu'il était insupportable; il battit en retraite et ne pardonna jamais ni à lui ni à elle.

Caliban seul demeura, parce que sa finesse de paysan et son franc parler lui gagnèrent l'amitié d'Édouard. Quelques hommes de talent et d'esprit remplacèrent avec avantage les commensaux réformés; mais à peine eut-on pris toutes ces mesures pour passer agréablement l'hiver qu'on se mit à regretter l'isolement, la campagne et les grands bois. Pendant les longues soirées d'automne, Édouard s'amusait à composer des dessins à la plume sur les divers épisodes, les rencontres nocturnes et les scènes comiques du voyage à Moret. Chaque dessin était accompagné d'une légende burlesque. Au milieu de ces souvenirs divertissants, Olympe soupirait parfois en pensant à sa chère forêt; Édouard, de son côté, rêvait encore la solitude à deux. Un soir, on s'avisa de parler de l'Italie.

--- Si nous y allions? dit Falconey. Le soleil s'éloigne de nous, courons après lui. Ne sommes-nous pas libres? qui nous empêche de prendre le chemin des hirondelles?

— Allons où vous voudrez, répondit Olympe. Je suis prête à partir.

— Allez, mes amis, ajouta Pierre; vous me paraissez fort heureux ici; mais, si vous devez l'être davantage ailleurs, partez; n'hésitez pas.

— Cette idée est absurde, s'écria Caliban sortant de sa tanière. Tout le monde parle déjà de vous à Paris; vous voulez apparemment qu'on en parle dans les deux mondes. Et que ferez-vous si vous venez à découvrir, à quatre cents lieues d'ici, que vous avez assez l'un de l'autre?

— Ce serait un trop grand malheur, dit Édouard, pour être prévu de si loin.

— Et moi, dit Olympe, je refuse nettement d'en admettre la possibilité.

— Eh bien! allez donc au diable, reprit Caliban. Je m'en retournerai *au pays*. C'est là que je t'attendrai, William. C'est là que tu viendras bientôt me rejoindre, l'oreille basse, boiteux comme le pigeon de la fable, traînant après tes pattes les morceaux de ton filet rompu, et portant dans ton cœur un bout de stylet, tandis qu'Édouard rentrera chez lui non moins écloppé que toi. Le bonheur n'est pas fait pour les esprits inquiets. Je vous donne à tous deux ma malédiction.

Le départ une fois résolu, malgré l'opposition de Caliban, les amoureux supportèrent avec plus de patience les brouillards et le froid. On employa les soirées à raisonner sur l'itinéraire. Un jour on voulait traverser les Alpes; le lendemain on penchait pour la route de la Corniche et les rives de la Méditerranée. Fallait-il passer l'hiver à Florence ou à Naples? Ne serait-on pas mieux à Sorrente, ou dans quelque autre village de cette baie si vantée?

Un mois s'écoula en discussions de ce genre, et Caliban commençait à espérer que le voyage se ferait en paroles, au coin du feu. Mais un soir, Édouard entra tenant à la main un chiffon de papier qu'il présenta d'un air mystérieux à Olympe, et il s'assit en face d'elle pour la regarder de près tandis qu'elle prenait lecture de cet écrit. C'était un bulletin de deux places retenues à la malle-poste de Lyon pour le jeudi de la semaine suivante.

— Je les ai prises conditionnellement, dit Édouard, et l'on m'a accordé jusqu'à demain, pour les rendre ou pour reculer le jour du départ.

— Il ne faut ni les rendre ni changer le jour, répondit Olympe en battant des mains. Je vous croyais indécis; mais puisque vous voilà enfin déterminé, j'irai aussi bravement que vous.

— Je tremblais, reprit Édouard, qu'à la lecture de ce bulletin, un froncement de sourcils

ne vint m'apprendre que je m'étais trop hâté ;
mais je vois bien à votre visage que nous pouvons encore aller loin ensemble.

— En Chine, si le cœur vous en dit, répondit Olympe.

Le jeudi suivant, à la nuit noire, Pierre
attendait ses amis, depuis un quart d'heure,
dans la cour de l'hôtel des postes, lorsqu'il les
vit descendre d'une voiture de place. Ils entrè-
rent tous trois dans une salle basse, où quelques personnes enveloppées de leurs manteaux
étaient groupées en silence autour d'un poêle.
Bientôt l'horloge sonna six heures, et tout le
monde s'agita. Le défiler des malles-poste
commençait ; elles sortaient une à une de la
seconde cour, quelquefois à de longs inter-
valles. Un employé les désignait à haute voix.
Pierre, dont le cœur se serrait un peu au milieu de ces gens en proie à la fièvre du départ,
se mit à compter machinalement les voitures.
Celle de Lyon était la treizième. Il le dit tout
bas à Falconey, qui lui répondit en riant :

— S'il n'y avait pas de nombre treize, on ne pourrait pas arriver à quatorze, et souvent ce serait dommage.

L'employé appela les voyageurs pour Lyon. Pierre embrassa son ami et pressa la main d'Olympe. Les deux amoureux s'élancèrent gaiement en voiture, et les chevaux partirent; c'étaient quatre chevaux percherons et entiers, d'une vigueur admirable. L'un d'eux répondit au coup de fouet du postillon par une ruade, et se jeta de côté sur son voisin, en imprimant à tout l'attelage un mouvement vers la gauche. Avant que cette mauvaise manœuvre eût été corrigée, la malle passa sous la porte cochère, et l'une des roues heurta violemment la borne.

— Encore un présage fâcheux! s'écria Pierre; mais ce sera le dernier.

Et il reprit le chemin du faubourg Saint-Germain. A l'extrémité de la rue Jean-Jacques-Rousseau il entendit un grand tumulte; au milieu d'un rassemblement où vingt personnes criaient à la fois, il vit une malle-poste qui avait accroché un tonneau de porteur d'eau et renversé l'homme qui le traînait. Un cheval s'était enchevêtré les jambes dans les traits de la voiture. Pierre s'approcha et vit à la portière la tête de son ami.

— Nous ne sommes pas superstitieux, dit Édouard.

— Et ta voisine, qu'en pense-t-elle? demanda Pierre.

— L'*oisillon* rit de tout son cœur.

Le porteur d'eau relevé se trouva sain et sauf. Le damné percheron, dégagé des cordes qui l'embarrassaient, reçut un nouveau coup de fouet; une traînée d'étincelles jaillit des pavés, et la malle partit au galop pour regagner le temps perdu.

— Que je suis fou de m'inquiéter! dit Pierre. Les voyageurs heureux sont ceux que l'amour mène à grandes guides.

VIII

Arrivés à Lyon, Édouard et Olympe s'y re-
posèrent pendant deux jours; ils descendirent
ensuite le cours du Rhône sur un bateau à
vapeur, où ils rencontrèrent un homme d'esprit de leurs amis qui s'en allait prendre possession d'un consulat en Italie. Cet aimable
compagnon les suivit jusqu'à Gênes, où il les
quitta pour se rendre à son poste. Gênes plut
extrêmement aux deux amoureux. Ils en visi-
taient, le matin, les magnifiques palais; dans
le milieu du jour, ils montaient à la prome-

nade publique pour contempler le panorama
de la ville et le spectacle de la pleine mer; le
soir, ils allaient au théâtre *Carlo-Felice;* quelquefois ils prenaient une voiture de louage et
parcouraient les environs, dont les *villas* hos-
pitalières laissent leurs grilles toujours ouvertes
à la curiosité des étrangers. Édouard trouvait tant de charmes à cette vie active, ses journées étaient si remplies, un projet exécuté en
faisait naître tant d'autres, qu'il en résulta
bientôt pour les deux voyageurs une accumu-
lation de fatigues dont ils s'aperçurent un peu
tard. Un jour, par un soleil splendide, ils
étaient assis, au bord d'une fontaine, sous les
arbres d'une villa célèbre, lorsque Édouard, en
se mouillant le front et les tempes avec l'eau
de la fontaine, s'écria tout à coup :

— Il faut donc que j'aie la tête bien malade
pour que cette eau froide me fasse tant de
plaisir?

Et, en effet, il s'aperçut que le sang battait
violemment dans ses artères, qu'il avait la poi-

trine oppressée et les membres rompus, comme
au début d'une maladie.

— Ne vous fâchez pas, dame nature, dit-il;
ne grondez pas si fort pour avoir été surmenée;
je me rendrai à vos avertissements; mais je
frémis en pensant que le pauvre *oisillon* a me-
suré de ses petits pieds toutes les mêmes distances que moi.

Olympe avoua que depuis peu elle éprouvait
une lassitude immense, et lorsque Édouard lui
reprocha de n'en avoir rien dit :

— Je faisais comme toi, répondit-elle; j'allais en avant, les yeux charmés, l'esprit éveillé,
le cœur content, et je ne savais où en était mon
corps.

— Eh bien, reprit Édouard, je vous impose
huit jours de repos absolu, en manière de pé-
nitence.

Pendant ces huit jours, ils restèrent tous
deux à la maison, jouant aux cartes, faisant des
lectures ou de la musique, évitant jusqu'à la
fatigue du théâtre. Un soir, deux jeunes Italiens

de familles patriciennes, qu'ils avaient rencontrés sur le bateau *le Sully*, vinrent frapper à leur porte. On les reçut avec joie; on envoya chercher des pâtisseries, et on improvisa un thé à la mode de Paris. Les deux visiteurs étaient de beaux garçons, à barbes noires et soyeuses, volontiers rieurs, comme la plupart des Méridionaux. Partout où se trouvait Falconey, la conversation ne languissait pas longtemps; on s'anima; Olympe secoua son humeur silencieuse pour taquiner ses hôtes sur leur manière de prononcer le français, et se mit avec eux en frais de gaieté. On parlait de la défense de Gênes par Masséna et de la seconde campagne d'Italie. Olympe raconta que, dans ce temps-là, sa mère accompagnait à l'armée un officier supérieur, à qui son père l'enleva pour l'épouser, et que sa naissance avait été un résultat si prompt de cette union que la célébration du mariage avait précédé d'un mois seulement son entrée en ce monde. Édouard, voyant aux visages des deux Génois la surprise que leur causait cette révé-

lation aussi énorme qu'inutile, voulut distraire leur attention par des plaisanteries; mais
Olympe, se tournant vers lui d'un air délibéré :

— Trouvez bon, mon cher, lui dit-elle, que
je parle de mes proches et de moi-même comme
je l'entends. Je ne fais point la guerre à vos
préjugés de gentilhommerie; mais je ne puis
pousser la complaisance jusqu'à m'exprimer
comme si je les partageais. Ma mère était une
femme forte, et parce qu'elle obéissait au vœu
de la nature, à son cœur, à son caprice, si vous
voulez, je la tiens pour égale en mérite, sinon
pour supérieure aux filles bien élevées, dociles
et hypocrites de votre caste. Je ne suis pas fâ-
chée que ces jeunes aristocrates étrangers connaissent sur ce point l'opinion d'une Française
libre et fière.

— Messieurs, dit Édouard, je vous supplie
de croire que, même en France, de telles opi-
nions sont une grande rareté.

— Si vous avez la prétention de m'en faire
rougir, reprit Olympe, il faut commencer par

me persuader que j'ai tort, et ce ne sera pas chose facile. On vous accorde bien plus de talent qu'à moi; vous avez bien plus de ressources dans l'esprit; ne vous a-t-on pas appris la logique au collège? qui vous empêche de me convaincre?

— Il ne me convient pas de l'entreprendre dans ce moment, répondit Édouard.'

Ce fut après la retraite des deux jeunes gens que Falconey revint sur ce sujet. La discussion reprit avec vivacité; il eut bien de la peine à faire comprendre à Olympe l'inconvenance et l'odieux de sa conduite. Elle parut enfin sentir qu'une fille n'avait point le droit de disposer de la réputation de sa mère pour soutenir une thèse philosophique, quand même cette thèse serait juste et bonne; mais si la raison de cette femme se rendait, pour un moment, à l'évidence, son orgueil ne cédait jamais. Plus tard, elle traita de nouveau cette question, et parla de sa mère plus mal encore que la première fois.

Falconey, rentré dans sa chambre, rumina

le fâcheux incident de la soirée. Sa mémoire lui
rappela plusieurs occasions où Olympe, habi-
tuellement douce et aimable dans le tête-à-tête
ou en présence de ses vieux amis, avait eu de
ces accès d'arrogance devant des étrangers. C'é-
tait une face remarquable de ce caractère difficile à pénétrer. Nul homme n'avait plus de
dispositions que Falconey à se créer des sujets
de trouble et d'inquiétude. Après le travail de
la mémoire vint celui de l'imagination. Il se
représentait Olympe lui rompant en visière et
le traitant avec légèreté ou mépris à chaque
visage nouveau qu'ils rencontreraient dans leur
voyage. La colère et la jalousie le prenaient à
la gorge; il se voyait rudoyant cette créature
orgueilleuse, et s'emportant contre elle jusqu'à
l'injure; — une séparation devenait inévitable;
— il se voyait alors reprenant seul le chemin
de la France, rentrant au désespoir dans sa famille, surprenant Pierre le pinceau à la main,
pour lui raconter en pleurant la triste fin de ses
amours. Au milieu de ces rêves, son cœur se

serrait, comme si ce dénoûment imaginaire eût été déjà un fait accompli. N'ayant pas là son ami pour l'aider à chasser les chimères par deux heures de conversation, il employa une partie de la nuit à écrire. Sa lettre contenait le paragraphe qui suit :

« Oui, mon ami, pour la première fois j'ai vu dans les yeux d'une personne qui m'est si chère le dédain, l'ironie et l'insolence ; pour la première fois une vipère a passé entre ses dents de nacre, et est venue tomber entre nous deux en sifflant. Dans cet instant, il m'a semblé que son orgueil froissé rendait du feu comme un caillou, et qu'à cette lueur soudaine je voyais clair dans toute son âme. J'y trouvais un sentiment hideux, celui que je redoute le plus au monde : je l'appellerai la haine de l'amour, c'est-à-dire une sorte de rage et de rancune contre l'objet aimé par la seule raison qu'il a su se faire aimer, une envie de le mordre et de le déchirer, une haine comme celle de l'esclave pour le maître, du faible pour le fort, de l'in-

grat pour son bienfaiteur. On dit qu'il existe
des femmes capables d'éprouver une joie extrême à cette vengeance sans nom; et quand je
songe qu'on peut inspirer un tel sentiment par
l'excès même de la passion, par trop de tendresse, par trop d'abandon et trop de cœur, je
sens mes cheveux se dresser sur ma tête; je me
crois au bord d'un précipice; une petite main
me pousse; je tombe et j'entends derrière moi
un éclat de rire féminin. »

Édouard, soulagé par ces confidences écrites,
se mit au lit et dormit aussi bien qu'il avait
coutume de le faire à Paris au sortir de ses con-
férences du soir avec son ami. Le lendemain,
il s'éveilla en chantant, et avant de fermer sa
lettre, il ajouta ce post-scriptum :

« N'ai-je pas lu quelque part que Henri IV
et d'Aubigné s'aimaient tant qu'ils se querel-
laient sans cesse, comme un amant et sa maîtresse? Nous nous sommes querellés aussi; cela
prouve que nous nous aimons. Voilà tout. »

De son côté Olympe s'était levée en belle

humeur. La discussion de la veille semblait oubliée; mais, pendant le déjeuner, Falconey regarda autour de lui, en disant :

— Je n'aime plus cet appartement; nous y avons eu notre première querelle.

— Et moi, répondit Olympe, je n'aime plus autant la superbe Gênes, pour la même raison.

— Eh bien, allons à Florence.

Falconey aurait voulu partir à l'instant. Il courut à l'office des bateaux à vapeur et s'empressa d'y retenir deux places pour le soir. On était à la fin de décembre; la traversée de Gênes à Livourne, contrariée par un grand vent de sud-ouest, fut pénible. Le bateau déviait de son chemin, et le timonier dut marcher plusieurs fois contre le vent pour s'éloigner de la côte. Les passagers, enfermés dans leurs cabines, souffraient du mal de mer. Olympe seule bravait ce mal terrible, et se promenait résolûment sur le pont, au grand ébahissement de l'équipage; Édouard l'admirait aussi, et se morfondait au froid de la nuit, assis sur un banc de

bois et roulé dans son manteau. Un dessin co-
mique, soigneusement conservé par Pierre,
représente cet épisode dont le souvenir égaya
plus d'une fois les causeries du coin du feu. On
y voit Olympe vêtue d'une robe de drap bou-
tonnée du haut en bas, coiffée d'une espèce de
pouf, comme les femmes de Watteau, chaussée
de bottines à la hongroise, les mains dans ses
poches, la tête haute, la cigarette à la bouche,
droite et ferme sur ses pieds, regardant d'un air
de supériorité, comme le vieux sergent regarde
le conscrit, son compagnon de voyage, dont les
traits altérés, le corps plié en deux, les cheveux
en désordre, témoignent éloquemment de la
puissance de la mer. L'inscription porte ces
mots : *Homo sum, et nihil humani a me
alienum puto.*

IX

La ville de Livourne n'offrant rien d'intéres-
sant pour les artistes, Édouard, qui avait repris
sa vigueur et son entrain en mettant pied à
terre, voulut poursuivre sa route. Il fit marché
avec un voiturin, et après avoir visité le triste
désert qui porte le nom de Pise, nos voyageurs
arrivèrent le soir à Florence.

La plupart des grandes villes d'Italie portent
leur histoire écrite dans leurs monuments.
Ceux de Florence rappelèrent à Falconey tant
de souvenirs des belles années de la renais-

sance, qu'il voulut relire les chroniques floren-
tines sur le lieu même de la scène; mais comme
les journées étaient consacrées au plaisir des
yeux et à l'examen des galeries de tableaux, il
employait une partie de la nuit à ses lectures.
En peu de temps il dévora vingt volumes, me-
nant de front l'histoire du pays, celle des arts
et des lettres, et les biographies des peintres. Il
y découvrit des sujets d'opéras et de poëmes,
sur lesquels il composa des morceaux dont il
se proposait de faire plus tard une œuvre sérieuse. La mort tragique de Luiza Strozzi lui
donna des émotions qu'il sut traduire en mélodies énergiques et passionnées. Olympe, qui
observait sur son visage des symptômes de fatigue et d'épuisement, l'engageait à se modérer,
à ne travailler que le jour et à se reposer par
des interruptions régulières; mais le génie de
ce jeune homme, une fois échauffé par la muse,
prenait le mors aux dents et ne s'arrêtait plus
qu'au bout de la carrière. La nature, d'ailleurs,
lui avait donné une force organique bien plus

grande qu'Olympe ne le pensait; dans ces moments de crise, l'enthousiasme devenait son état normal, et il lui semblait alors que la vie de tout le monde était une sorte de végétation pire que la mort. Souvent, après avoir promis de se coucher en rentrant du théâtre, il ouvrait son piano et on l'entendait tour à tour jouer, chanter, marcher dans sa chambre, parler haut, se remettre avec ardeur au travail, où le soleil le venait surprendre. Un mois s'écoula dans cette fièvre perpétuelle, et puis, un matin, ce qu'il avait dans l'esprit se trouvant sur le papier, il se coucha content et dormit près de vingt-quatre heures d'une traite.

— Voilà qui est fini, dit-il en s'éveillant; nous pouvons, à présent, parler de bagatelles, faire bonne chère, rouler carrosse et prendre l'air tant qu'on voudra, pour mes relevailles. L'enfant que je portais est né; je me sens gaillard et dispos.

Et, en effet, il avait déjà les yeux reposés et le printemps sur les joues.

— Mais avant de nous livrer aux exercices
des Béotiens, reprit-il, mon oisillon aura bien
la complaisance d'écouter ce que je viens de
pondre. Une amie est un auditeur choisi que
l'artiste a le privilége d'assommer de ses productions, sauf à lui reconnaître le droit impres-
criptible de bâiller, de penser à autre chose et
même de s'endormir en battant la mesure avec
un sourire indulgent.

Falconey mit en ordre ses manuscrits, les
posa sur le piano et exécuta tout ce qu'il avait
composé depuis un mois. Quoiqu'il y en eût
fort long, Olympe parut écouter avec une attention soutenue ; elle laissa même échapper
quelques légers signes d'émotion et de plaisir ;
mais quand l'auteur lui demanda ce qu'elle
pensait de son travail :

— Franchement, répondit-elle, je m'atten-
dais à toute autre chose. Vous avez, il est vrai,
le don de vous transformer à chaque nouvel ouvrage que vous entreprenez ; mais à force de
changer de manière, vous finirez par en décou-

vrir une mauvaise. Il y a là, sans doute, de quoi faire la réputation d'un artiste; pour un maître comme vous, ce n'est point assez. Je préfère de beaucoup vos mélodies espagnoles.

La vanité d'auteur n'était pas le défaut de Falconey. Sa modestie même allait si loin qu'on l'aurait facilement rendu injuste pour lui-même.

— Oh! dit-il en riant, je croyais boire dans une coupe d'or à la fontaine d'Hippocrène, et j'avalais de l'eau de citerne dans une sébile de bois. Pendant un mois j'ai cru tenir le Minotaure par les cornes, et il se trouve que j'ai terrassé un lapin. Ce malheur arrive tous les jours à bien d'autres. Avec la première femme venue, je m'en tiendrais à cette réponse : « Ceci me plaît, ou ceci me déplaît. » Par bonheur, vous êtes du métier; nous allons chercher ensemble comment et pourquoi je me suis trompé si grossièrement, et puis nous procéderons ensuite à la destruction de l'enfant, puisqu'il n'est pas né viable.

Olympe, sollicitée de s'expliquer, non-seule-

ment sur l'ensemble de l'ouvrage, mais sur
chaque morceau, fit d'inutiles efforts pour mo-
tiver son jugement et formuler clairement son
opinion. Si Falconey ne l'eût aidée, elle n'aurait pas su faire une seule critique sérieuse.
Bientôt les questions devinrent plus pressantes,
et, dans son embarras, elle suppléa aux bonnes
raisons qui lui manquaient par de l'aigreur et
enfin par de l'emportement.

— Ce n'est pas à moi-même, dit-elle, qu'il
faut en appeler de cette condamnation qui vous
révolte. Adressez-vous au public. Vous savez
bien que je ne m'y connais point et que mes
ouvrages ne valent rien. Quand vous les corri-
gez, je me soumets docilement. Comment un
aussi grand maître que vous peut-il s'abaisser
à consulter une pauvre écolière? Vous avez
voulu savoir mon sentiment; je vous l'ai dit.
Tous les raisonnements du monde ne m'en feront pas changer. Prenons que je suis une igno-
rante; je vous répéterai, comme la première
femme venue : « Ceci ne me plaît pas. » A

votre place, je brûlerais tout ce fatras. Ce n'est point votre avis; n'en parlons plus. Je ne sais ni éplucher, ni disserter; je sens, juste ou faux. J'ai la tête dure; vous me la rompez inutilement par vos questions. Restons-en là.

Falconey chiffonna ses papiers dans le dessein de les jeter au feu; mais, au moment de les détruire, il se ravisa, prit le manuscrit sous son bras et l'emporta dans sa chambre.

— Ne nous pressons pas, se dit-il; je ne suis point assez sûr de la bonne foi de mon juge. Son arrêt pourrait bien être la revanche de mes critiques sur son premier ouvrage. Je l'avais offensée avant de la connaître; passons-lui cette petite vengeance.

Afin de chasser de son esprit la pensée de cette seconde querelle, Édouard ouvrit l'histoire des peintres florentins par Philippe Baldinucci. Le hasard le fit tomber sur l'article consacré à Cristofano Allori, l'un des derniers grands artistes de cette école. Baldinucci, dont le père avait connu les trois Allori, donne des détails .

fort curieux sur la vie, les mœurs et le caractère de Cristofano. Ce peintre vivait à la fin du
seizième siècle, au moment de la décadence des
arts. C'était une de ces belles organisations que
l'Italie a seule le privilége de produire, avec
des aptitudes diverses et tous les talents : poëte,
musicien, homme d'esprit, aimable et brillant
causeur, peintre excellent et digne d'un meilleur temps; mais dissipé, plus amoureux de
ses maîtresses que de la gloire, comme il arrive
souvent aux hommes de génie, lorsque, après
avoir lutté contre le mauvais goût de leur siècle, ils en viennent à mépriser jusqu'aux louanges inintelligentes de leurs contemporains.

Cristofano Allori aimait passionnément une
femme, dont la beauté était alors célèbre, au
delà même des murs de Florence; on l'appelait
la Mezzafirra. Elle était vaine, orgueilleuse, cu-
pide, menteuse comme un démon. Allori le savait, mais il en devint amoureux, comme Molière
de la Béjart, et il n'épargna rien pour lui plaire.
Il eut le malheur d'y réussir. Selon la mode du

temps et du pays où il vivait, il se ruina en présents et en folles dépenses, sans que la Mezzafirra lui en fût pour cela plus fidèle. Dévoré de chagrin et de jalousie, Allori conçut l'étrange idée d'adresser par la peinture un reproche sanglant à sa maîtresse, d'immortaliser le souvenir de ses souffrances en représentant cette femme sous la figure de Judith et en faisant de la tête d'Holopherne son propre portrait. Pendant trois mois, il laissa croître sa barbe, afin de se donner l'air défait; quant à la pâleur convenable, l'insomnie et les tourments y avaient pourvu. Derrière le personnage de Judith, il plaça la mère de la Mezzafirra, complice détestée des débordements de sa fille. Le tableau achevé, Allori l'exposa. Tout Florence reconnut les modèles et comprit l'intention du peintre. La curiosité aidant, le succès de ce tableau fut très-grand; mais l'auteur n'atteignit point son but, car Baldinucci ajoute : « Cristofano Allori n'en devint pas plus heureux; cette extravagante vengeance ne corrigea point sa maîtresse. »

La singularité de cette anecdote produisit une vive impression sur l'esprit de Falconey. Il ferma le livre et courut au palais Pitti, pour y examiner avec soin le tableau d'Allori dont les chefs-d'œuvre de Raphaël et d'André del Sarto avaient jusqu'alors distrait son attention. Il trouva sans peine la *Judith*, qui occupe une place d'honneur, en face de la *Vierge à la chaise*. Quelle fut sa surprise en reconnaissant dans les traits, la coiffure et jusqu'à l'habillement de la belle Juive, des points de ressemblance avec Olympe ! Assis sur une banquette, dans l'embrasure de la fenêtre la plus proche du tableau, il tint ses regards longtemps fixés sur cette figure terrible, et faisant un retour sur lui-même :

— Est-ce que je serais, pensa-t-il, dans les conditions d'Allori ? trouvera-t-on quelque jour dans mes ouvrages une Judith, portant ma tête avec cet air féroce, et les biographes, s'il leur prend fantaisie d'écrire mon histoire, découvriront-ils dans ma vie une Mezzafirra?

Au milieu de ses réflexions, Édouard leva les yeux sur une femme qui passait près de lui et dont la robe effleura le bout de son pied; c'était Olympe, accompagnée d'un jeune homme qui paraissait lui faire les honneurs du musée. Il les vit tous deux s'arrêter devant la *Guerre* de Rubens et le portrait de *Léon X*, par Raphaël, et ils s'éloignèrent par la porte qui mène au salon de Jupiter. Édouard eut d'abord l'envie de les suivre pour les observer; mais il eut honte du rôle d'espion :

— Ce n'est point ainsi, se dit-il, que ferait Allori.

Et il sortit du musée. Au bout d'une demi-heure, il vit Olympe rentrer seule à la maison.

— Peut-on savoir d'où vous venez? lui dit-il.

— Je viens de *Ponte-Vecchio*, où je me suis arrêtée quelque temps chez un orfèvre, pour acheter une bague.

— N'êtes-vous point allée au palais Pitti?

— Pourquoi me demandez-vous cela?

— Parce que je croyais vous y avoir vue en compagnie d'un jeune homme dont la figure m'est inconnue.

— Je ne connais personne à Florence. Vous avez rêvé tout éveillé. Prenez-y garde, mon ami : ce travail forcé auquel vous vous êtes livré avec une sorte de frénésie vous a fatigué la cervelle. Vous devenez sujet à des hallucinations.

— Ma cervelle est en parfait état et j'ai des yeux excellents, à telles enseignes que je voudrais m'en servir pour voir un peu cette bague achetée à *Ponte-Vecchio.*

— Je viens de la serrer dans ce tiroir.

— Eh bien, ouvrez ce tiroir, et montrez-moi la bague, si elle existe.

— La voici. C'est à vous que je la destine, comme un gage de notre seconde réconciliation, puisque nous avons eu notre seconde querelle. Votre accueil brusque et votre air de mauvaise humeur m'ont empêchée de vous l'offrir à l'instant; mais vous paraissez vous adoucir, et je m'enhardis jusqu'à vous faire mon petit présent; le trouvez-vous joli?

En parlant ainsi, Olympe tirait d'une boîte en carton une grosse bague en or ouvré, représentant des écailles reliées par de petites têtes de clou, à la façon d'un gantelet de fer, et surmontée d'une améthyste. Édouard la mit à son doigt, et saisi tout à coup d'une joie d'enfant :

— Le charmant cadeau! s'écria-t-il; misérable que je suis de vous avoir soupçonnée de je ne sais quoi! car le diable m'emporte si je saurais dire ce que j'avais dans l'esprit. Vous aviez raison : oui, j'aurai été le jouet de quelque hallucination. Je rêvais justement à une histoire étrange et presque fantastique, au moment où j'ai vu passer devant moi cette Florentine qui se permet de vous ressembler. Oh! le sot métier que celui de jaloux!

Falconey embrassa Olympe et courut retenir une loge au théâtre de la *Pergola*, dont l'affiche annonçait la *Sonnambula*, de Bellini. Cette loge se trouvait au *primo-piano*, et par consé-

quent peu élevée au-dessus du parterre. En
écoutant le premier acte, Édouard remarqua
un beau garçon dont les yeux se tournaient sans
cesse de son côté. C'était le jeune homme du
palais Pitti.

— Voilà un de mes fantômes en chair et en
os, dit-il à Olympe; mais il paraît que ce beau
cavalier est sujet aux visions, comme moi; il
vous prend sans doute pour la femme qu'il accompagnait ce matin, car il vous poursuit de
ses regards.

Olympe dirigea sa lorgnette sur le personnage indiqué, l'examina longtemps, et répondit
de l'air le plus indifférent :

— Je ne l'ai jamais vu.

Il y avait, ce soir-là, ce qu'on appelle en Italie un *beau théâtre*, c'est-à-dire une salle pleine,
et la chaleur était accablante. Pendant l'en-
tr'acte, Édouard et Olympe se retirèrent au fond
de leur loge, dont ils ouvrirent la porte, pour
laisser entrer un peu d'air. Le même jeune
homme, en passant, devant cette porte ouverte,

ôta son chapeau, et Olympe répondit à son salut par une inclination de tête imperceptible.

— Bon! dit Édouard, tout à l'heure vous ne l'aviez jamais vu, et à présent vous le saluez.

— Je viens enfin de le reconnaître, répondit Olympe. C'est le fils de mon orfévre. Je n'ai fait aucune attention à lui dans la boutique de son père; mais selon l'usage de ce pays, où les connaissances vont vite, il se croit de mes amis pour m'avoir vendu une bague. Telle est l'explication de cet affreux mystère.

— Vous avez toujours raison, reprit Édouard en riant. Décidément je suis pitoyable dans le rôle d'Othello. Le More farouche va demander deux glaces à la vanille, pour régaler Desdemona.

Devant le buffet du limonadier, Falçoney retrouva son jeune Florentin.

— Votre père, lui dit-il en italien, est un artisan fort habile; je veux lui acheter à mon tour quelque bijou. Demain, j'irai vous voir à *Ponte-Vecchio*.

— Je ne comprends pas votre seigneurie, répondit le jeune homme. Je suis le
comte Meretti, pour la servir. Mon père ne
vend pas de bijoux, et je demeure à Santa-
Croce.

— Ce n'est donc pas dans une bou'·~ue d'orfévre que vous avez rencontré ma compagne de
voyage?

— Non, monsieur, c'est au musée Pitti, ce
matin; mais j'avais déjà eu l'honneur de lui
parler hier au palais Médicis, dans la salle de
la tribune, devant le portrait de la Fornarina,
auquel je trouve qu'elle ressemble beaucoup.

— Vous vous trompez. C'est à la Judith
d'Allori qu'elle ressemble.

Rentré dans la loge, Falconey garda le silence
pendant le reste de la soirée, et tandis qu'Olympe
ôtait son gant pour manger une glace, il murmura tout bas :

— Mezzafirra!

Que sa jalousie fût ou non fondée, Édouard
ne pouvait se dissimuler qu'on s'était joué de

lui par une série de mensonges, et cette découverte lui faisait horreur.

— Qu'ai-je besoin d'en savoir davantage? se
disait-il. Quand je la surprendrais en flagrant
délit de trahison et d'infidélité, pourrais-je m'en
étonner à présent? Entreprendre de la corriger!
peine inutile; qui a menti, mentira. Me taire
et garder le masque d'un amant près d'une
femme que je n'estime plus, ce serait une comédie impossible pour moi; les mots d'amour
se changeraient sur mes lèvres en malédictions.
Il faut nous séparer.

A l'idée de cette séparation, Édouard cherchait ce qui lui restait au monde, ce qui l'atta-
chait à la vie avant qu'il eût rencontré cette
femme, et il ne retrouvait plus rien. Le pauvre
garçon se mit à pleurer comme un enfant; puis
il s'irrita de sa faiblesse, roula dans sa tête des
projets insensés, et revint par un long détour
à la défaillance et aux larmes. La nuit entière
se passa dans ce chaos de sentiments. Au point
du jour, il se leva, prit une voiture de louage

et se fit conduire à Fiesole. Olympe l'entendit rentrer à la maison vers dix heures du soir; mais elle venait de se mettre au lit, et pensa qu'il serait temps de s'expliquer le jour suivant. Au milieu de la nuit, elle fut réveillée par les sons du piano. Falconey, distrait par tant d'émotions, avait assez oublié ses travaux pour les pouvoir juger, comme s'ils eussent été l'ouvrage d'un autre; il les relut, afin de décider s'il devait les conserver ou les détruire. L'épreuve fut favorable; il reconnut de façon à n'en pouvoir douter que ses souvenirs de Florence tiendraient un jour dans son œuvre un rang honorable; et en songeant que les critiques d'Olympe avaient failli le décourager et le porter à un acte de vandalisme, il s'écria :

— Toi aussi, Mezzafirra, tu auras une place dans mon œuvre.

Les premières lueurs du matin commençaient à paraître. Édouard, accablé de fatigue, se jeta tout habillé sur son lit pour essayer de prendre un peu de repos. Il dormait profondé-

ment quand la servante lui vint annoncer que
le déjeuner était servi.

Quatre heures de sommeil avaient si bien
changé le cours de ses idées, que l'aventure du
théâtre lui semblait avoir perdu la moitié de sa
gravité. Le mensonge pouvait être innocent; et
ne fallait-il pas, au moins, avant de prendre un
parti extrême, s'informer si ce comte Meretti
était un rival, et si Olympe avait seulement
pensé à lui? Afin d'éclaircir ce point important,
Falconey descendit à la salle à manger où on
l'attendait. Il prétexta ses recherches sur les
peintres toscans pour expliquer son excursion
à Fiesole, et il ajouta que ses études étant ter-
minées, il dirait volontiers adieu à Florence.

— Moi aussi, répondit Olympe.

— Quoi, vraiment! s'écria Édouard, vous
quitteriez cette ville sans regret?

— Assurément. Ne nous y sommes-nous pas
querellés, comme à Gênes?

— Vous consentiriez à partir avec moi aujourd'hui?

— En sortant de table, si cela vous convient.

— Je vous prends au mot. Il n'y a plus à s'en dédire.

Édouard voulait aller à Rome; mais Olympe avoua sans détour qu'elle y pourrait trouver une personne dont la rencontre lui serait pénible. Il fut décidé qu'on irait coucher le soir à Livourne, pour y prendre le bateau de Naples. Une voiture à volonté vint chercher les bagages, tandis qu'Édouard courait à la police et au consulat des Deux-Siciles. Au bout d'une heure, il revint avec les passe-ports en règle, et quand midi sonna aux églises, le voiturin sortait de Florence.

— Par ma foi! se disait Édouard, en écoutant le son joyeux des grelots, si le comte Meretti est amoureux, il n'a guère fait d'impression sur le cœur de sa belle. Cette fois, je ne serai pas si sot que de m'expliquer avec elle.

Mais Falconey n'était ni d'un âge ni d'un caractère à persister dans cette résolution de garder le silence. Pendant la traversée, favorisée d'un temps doux et calme, à la lueur tremblante des étoiles, il se pencha contre l'oreille de sa compagne de voyage et confessa naïvement ses soupçons, sa jalousie, sa colère, son désespoir et ses larmes.

— Je savais tout cela, lui dit Olympe. En revenant du palais Pitti, j'allais vous faire part de ma rencontre avec le comte Meretti, lorsque j'ai lu sur votre visage tout ce que vous aviez dans l'âme. Vous m'accusiez déjà, et je vous avertis que je ne m'abaisse jamais à me disculper. La plus sévère punition de la jalousie, c'est le supplice qu'elle porte en elle-même. Je vous y ai poussé plus avant par des mensonges, sachant bien que vous ne manqueriez pas de courir aux preuves. La vision du musée, c'était moi. La bague a été achetée à Paris; vous auriez dû reconnaître qu'elle n'avait point le poli d'un bijou neuf. Vous n'avez découvert que la moitié de mes tromperies; mais le reste a suffi. J'ai atteint le but que je me proposais. Profitez de cette leçon.

Édouard se plaignit d'abord de la férocité de ces procédés, puis il finit par implorer sa grâce, et il l'obtint, comme s'il eût été coupable. Au milieu de ces confidences, le soleil vint dorer le sommet d'un cône volcanique qu'on découvrait au loin : c'était Ischia. Le bateau entrait dans la baie de Naples. On salua le Vésuve, le fort Saint-Elme et les vastes quais de Chiaia. En débarquant, à l'abri du môle, aux cris d'une horde de *facchini* déguenillés, Falconey s'écria :

— Dieu soit loué! nous voici dans le pays de la musique et de la joie. C'est ici que nous vivrons en bonne intelligence; c'est ici qu'on chante, qu'on aime et qu'on est heureux!

X

Pour se donner le temps de chercher à loisir un appartement, les deux voyageurs commencèrent par descendre à la *Vittoria,* l'hôtel le plus beau et le plus cher de la ville. On leur donna deux *chambres unies* d'une grandeur démesurée, assez mal closes et sans cheminée, mais dans l'une desquelles était un bon piano à queue. Les fenêtres, d'ailleurs, exposées au midi, donnaient sur le quai, et l'on voyait, par-dessus les arbres de la *Villa Reale,* la moitié de la baie, les coteaux de Sorrente, l'entrée du golfe de Salerne et l'île de Capri, dont les cornes étaient enveloppées d'un brouillard léger comme d'une écharpe de gaze.

En aucun lieu du monde, la nature n'a tant fait pour le charme des yeux. Édouard et Olympe contemplaient avec ravissement ce beau panorama, lorsqu'on vint frapper à leur porte. Falconey poussa un cri de joie en voyant entrer un de ses meilleurs amis. C'était un jeune Parisien, aimable, enthousiaste et instruit, admirateur passionné du talent de Falconey, et juste appréciateur de celui de William Caze. Il s'appelait Édouard Verdier. Au moment de se rendre en Sicile et en Calabre, il avait trouvé à Naples des compagnons de voyage qui le pressaient de partir ; mais il consentit à retarder son départ de trois jours. Pour bien employer le temps, on résolut de faire des excursions dans les environs de Naples. Le premier jour fut consacré à visiter les ruines d'Herculanum et de Pompéia, le second à l'ascension au sommet du Vésuve.

Ces promenades étaient de véritables voyages, et malgré le plaisir extrême qu'on y prenait, la fatigue commençait à se faire sentir. Le troisième jour, Olympe, au bout de ses forces, demanda la permission de garder le lit et laissa partir les deux jeunes gens. Ils parcoururent ensemble la côte de Pouzzole jusqu'au lac Fusaro, et rentrèrent à Naples fort tard, après avoir visité Procida et Ischia. Édouard Verdier s'embarqua le quatrième jour tellement harassé qu'il se coucha dans sa cabine sans attendre le départ du bateau de Messine. Falconey, qui avait reconduit son ami jusqu'au môle par un soleil ardent, éprouva en retournant chez lui un malaise étrange. Il lui semblait porter sur ses épaules un homme dont le poids l'écrasait, et dont les jambes, croisées autour de sa taille, le pressaient à l'étouffer.

— Oh! se dit-il, me voilà comme Sindbad le marin avec le vieillard incommode cramponné à son dos. Mais je m'en tirerai plus aisément

que Sindbad : une nuit de sommeil me débar-
rassera de mon fardeau.

Et il fredonna gaiement l'air de Masa-
niello :

Sommeil, descends du haut des cieux.

Cependant la nuit suivante le sommeil ne vint
pas; le lendemain, Falconey resta au lit plus
tard que d'habitude, et à mesure que ses membres se reposaient, il se plaignait que la fatigue
remontait de son corps dans sa tête. Il se leva
pourtant et s'étendit près de la fenêtre sur un
canapé, pour se réjouir la vue.

— Nous sommes, disait-il à Olympe, dans le
milieu le plus charmant que des amoureux
puissent souhaiter. Penses-tu qu'il soit possible de tomber malade à Naples et d'y mourir?

— Tomber malade! s'écria Olympe. Le bon
Dieu nous en préserve!

— Il nous en préservera. Ne vois-tu pas
qu'il nous sourit dans toute cette nature en
habits de fête? Je cherche vainement parmi

les objets qui nous entourent un signe précur-
seur de sa colère; mais je crains de le trouver
en moi. Je me sens si faible, que le plus léger
bruit me donne des sursauts. Une main de
géant, brûlante et gantée de fer, s'appuie sur
ma tête, et mes idées, effarouchées par cette
main menaçante, se heurtent contre les parois
de mon crâne comme des oiseaux dans une vo-
lière. Je suis à la merci du hasard : un accident,
une secousse, une mauvaise nouvelle suffiraient
pour me terrasser.

Dans l'espoir de dissiper ces pressentiments
à l'aide de la musique, Olympe proposa de
jouer sur le piano l'ouverture du *Don Juan*
de Mozart, qui était un des morceaux favoris
d'Édouard. Tandis qu'elle passait dans sa
chambre pour y aller prendre la partition,
Falconey se rappela que le commencement de
cette ouverture était la reproduction exacte de
l'entrée du commandeur au souper de don
Juan. En songeant à l'accord sinistre en *ré mineur* qui marque les premiers pas de la statue,

le morceau lui parut mal choisi; dans l'intention de demander une musique plus gaie, il se leva et suivit de près Olympe pour lui dire d'apporter la partition du *Barbier de Séville*.

La porte, en vieux chêne et à deux battants qui séparait les deux chambres était haute de huit à dix pieds, très-lourde et fermée par une serrure rouillée difficile à ouvrir. Après avoir tourné sans succès le bouton de cuivre, Édouard, dans un mouvement d'impatience, secoua fortement la porte; le battant de droite sortit de ses gonds et tomba sur un guéridon avec un fracas épouvantable. Olympe effrayée poussa un grand cri; Falconey, croyant l'avoir tuée, se jeta de son long sur le carreau. Les domestiques de l'hôtel, accourus au bruit, le trouvèrent en proie à une violente attaque de nerfs. Il n'en revint qu'au bout d'une heure. A l'ébranlement nerveux succéda l'agitation du sang. On le vit rougir et pâlir tour à tour. Il se plaignait d'une chaleur insupportable et claquait des dents.

— Me voilà pris, dit-il à Olympe. Le hasard est notre maître. Nous n'aurions jamais prévu cet accident-là. Ne vous le dissimulez pas, ma pauvre amie : je vais vous donner bien de la peine. Ce n'est plus le vieillard de Sindbad le marin que je porte à califourchon sur mes épaules, c'est la mort en personne, et je vais lui livrer un furieux combat. Envoyez bien vite chercher un médecin, témoin obligé du duel. Il faut qu'on m'ôte du sang, beaucoup de sang. J'ai le Vésuve dans la cervelle et la Solfatarre dans la poitrine. Mais je suis jeune et robuste; quand le médecin viendra, ne vous laissez effrayer ni par des pronostics ni par le nom de ma maladie, quelque sonore qu'il soit.

Falconey avait une fièvre cérébrale.

XI

Si l'Italie est le pays le plus délicieux de la terre pour les amoureux et les gens bien portants, c'est le pire de tous pour y faire une maladie. Le voyageur en danger de mort, qui se tire d'affaire malgré l'ignorance du médecin, l'incurie de l'apothicaire, l'indifférence et la paresse des serviteurs, la cupidité de tout le monde, les chambres sans feu, les portes ouvertes, les fenêtres disloquées, la pénurie de linge et la privation de soins et de secours de tous genres, celui-là revient de loin. Le méde-

cin qu'on avait envoyé chercher a midi n'était
pas arrivé à quatre heures. Pendant cet intervalle, la maladie avançait à pas de géant. *L'An-
gelus* sonnait aux églises, lorsque enfin on in-
troduisit pompeusement l'*illustrissimo dottore*
Berizzo. C'était un vieillard de quatre-vingts
ans, coiffé d'une perruque jadis noire et roussie
par le temps, dont sa personne offrait l'em-
blème décrépit. On lui rendit un compte exact
de tout ce qui s'était passé. Le malade lui dit
d'une voix faible :

— *Dottoraccio*, me refuserez-vous la faveur
d'une saignée?

— Non, Excellence, répondit le vieillard.

Mais en cherchant la veine avec ses mains
tremblantes et ses mauvais yeux, le pauvre
homme ne savait où poser la lancette.

— *Temo di ferirla*, dit-il, en se ridant le
front.

— Vous craignez de me blesser, lui répondit
Édouard, et vous n'avez pas peur de me laisser
mourir.

—Mourir ! répéta le docteur en hochant la
tête d'un air qui signifiait : « Il ne dépend pas
de moi de vous en empêcher. »

Puis il ajouta :

— *Donc*, qu'elle se tienne en repos, Votre
Seigneurie. Je vais lui envoyer un jeune gaillard qui lui tirera autant de sang qu'elle
voudra.

Il était trois heures d'Italie, — près de neuf
heures de France, — quand le jeune chirurgien entra. C'était un fort beau garçon aux
traits réguliers, large des épaules, avec de
grands yeux bien enchâssés, la main petite, la
bouche sensuelle et les dents comme des aman-
des fraîches. Olympe se jeta dans ses bras en
s'écriant :

— Sauvez-le !

Malgré le trouble de ses sens, Falconcy,
étonné de cet élan pathétique, murmura tout
bas : « Pourquoi n'a-t-elle pas aussi embrassé
le vieux ? »

La première saignée ne produisit pas l'effet

qu'on avait espéré; il semblait au contraire que
la maladie eût attendu l'arrivée d'un adversaire
redoutable pour engager le combat. Elle ne fit
plus que s'aggraver d'heure en heure jusqu'au
lendemain. Pendant six jours et autant de nuits,
Édouard demeura dans un état d'exaspération
et de désordre qui réclamait une surveillance
incessante. Palmeriello, — c'était le nom du
jeune chirurgien, — montra beaucoup de zèle
et passa deux nuits entières au chevet du pa-
tient. Enfin, le matin du septième jour, après
un dernier paroxysme, la nature, ayant résisté à
tant d'assauts, resta victorieuse, mais complète-
ment épuisée par la lutte. Édouard parut s'é-
teindre tout à coup, et tomba dans une pros-
tration si profonde que, pour ceux qui le
regardaient, c'était la mort. Cependant ce n'é-
tait pas même de la léthargie, puisqu'il repre-
nait peu à peu la faculté de percevoir les objets
extérieurs, et qu'il recouvrait l'intelligence de
ses sensations. Sa mémoire ne lui rappelait rien
de ce qui s'était passé durant ses six jours de

fièvre ; mais il éprouva une grande satisfaction à reconnaître qu'il était couché dans un lit, avec une compresse d'eau glacée sur le front.

Il n'appartenait qu'à Édouard Falconey de raconter des événements qui ont exercé une influence considérable sur son génie et sur sa vie entière ; lui seul a pu recueillir les détails de cette singulière journée, les coordonner, les fixer avec précision et les exposer à la lumière. En voici la relation telle qu'il la dicta lui-même à Pierre vingt ans plus tard. C'est Falconey qui va parler...

« Palmeriello et Olympe étaient assis à côté de mon lit. Je voyais l'un, je ne voyais point l'autre, et je les entendais tous deux. Par instants, les sons de leurs voix me semblaient faibles et lointains ; par instants, ils résonnaient dans ma tête avec un bruit insupportable.

« Je sentais des bouffées de froid monter à moi du fond de mon lit, une vapeur glacée, comme il en sort d'une cave ou d'un tombeau, me pénétrer jusqu'à la moelle des os. Je conçus la pensée d'appeler, mais je ne l'essayai même pas, tant il y avait loin du siége de ma pensée aux organes qui auraient dû l'exprimer. A l'idée qu'on pouvait me croire mort et m'enterrer avec ce reste de vie réfugié dans mon cerveau, j'eus peur ; et il me fut impossible d'en donner aucun signe. Par bonheur, une main, je ne sais laquelle, ôta de mon front la compresse d'eau froide, et je sentis un peu de chaleur.

« J'entendis alors mes deux gardiens se consulter sur mon état. Ils n'espéraient plus me sauver. Olympe prit un petit miroir qu'elle posa devant mon visage. J'aperçus dans ce miroir un masque qui m'était inconnu ; il avait les paupières plus qu'à demi fermées, les prunelles ternes et immobiles, les lèvres contractées. C'était mon image que j'avais vue ; je le compris au bout d'un moment, et je me dis que, sur de telles apparences, je voterais moi-même pour l'enterrement.

« Cependant Olympe montra le miroir au chirurgien, en lui disant que je respirais encore. Palmeriello s'approcha du lit, en écarta le drap et me prit la main pour me tâter le pouls. Comme il était debout, il fut obligé de soulever assez haut ma main et mon bras. Le mouvement qu'il me fit faire, quoique fort simple et fort naturel, était si brusque pour ma pauvre machine, que je souffris comme si l'on m'eût écartelé. Le temps que ma main resta dans celles du médecin fut un siècle. J'entendis clairement ces mots :

— *Se non è morto, poco manca* (s'il n'est pas mort, il ne s'en faut guère).

« Palmeriello ne se donna pas la peine de poser doucement mon bras sur le lit; il le jeta, comme une chose inerte. A cette secousse terrible, je sentis tous mes os craquer, tous mes nerfs, toutes mes fibres se briser à la fois; un coup de tonnerre éclata dans ma tête, et je m'évanouis.

« J'ignore combien de temps je restai sans connaissance. Lorsque je revins à moi, il faisait nuit. Un silence profond régnait dans la chambre. Une petite servante assez jolie, que nous avions surnommée *Felicissima-notte*, parce qu'elle ne manquait jamais de nous souhaiter une *très-heureuse nuit*, lorsqu'elle apportait les lumières, frappa timidement à la porte. On lui cria d'entrer, et je reconnus ainsi que je n'étais pas seul. La jeune fille déposa deux bougies allumées sur une table, et quand elle eut prononcé tout bas son souhait accoutumé, elle demanda s'il fallait servir le dîner de madame. Olympe lui commanda de revenir dans une demi-heure. La servante sortit et la chambre retomba dans le silence.

« Ce fut alors que j'aperçus un tableau que j'aurais pris moi-même pour une vision de malade, si d'autres preuves et les aveux les plus complets n'eussent changé mes soupçons en certitude. En face de moi, sur le mur de la chambre, je vis deux grandes ombres projetées par la lueur des bougies, qui se trouvaient alignées de façon à ne former qu'un foyer de lumière. Ces deux ombres représentaient une femme assise sur les genoux d'un homme et comme renversée, la tête en arrière. Je n'eus pas la force de soulever mes paupières pour voir le haut de ce groupe, où la tête de l'homme devait se trouver ; mais cette tête que je cherchais vint d'elle-même se poser dans mon rayon visuel. Elle s'approcha de celle de la femme, et l'attitude des deux ombres était celle d'un baiser. J'avoue que, dans le premier moment, ce tableau ne fit pas une vive impression sur mon esprit engourdi. Il me fallut quelque temps pour comprendre la portée d'une telle révélation ; mais bientôt j'arrivai par degrés à l'étonnement, à l'indignation et à l'horreur.

« *Felicissima-notte* ne revint pas avant huit heures du soir. Tandis qu'elle mettait le couvert, j'entendis Palmeriello l'agacer en lui parlant le dialecte du pays. Il avait son chapeau sur la tête et s'apprêtait à sortir, lorsque Olympe lui proposa de dîner avec elle. La servante avait posé tous les plats sur la table et s'était enfuie ; mais Palmeriello accepta la proposition, prit

une assiette, un couvert, tira de sa poche un
couteau et se mit à table avec l'entrain d'un bon
vivant. Mes deux gardiens m'avaient oublié. Ils
dînèrent fort gaiement. Je me rappelle que la
conversation roula sur les productions gastro-
nomiques du pays, et qu'ils projetèrent d'aller
dîner ensemble au village de Fuori-di-Grotta.

— Quand donc, me disais-je en les écoutant,
iront-ils dîner en tête à tête à Fuori-di-Grotta?
c'est apparemment quand on m'aura emporté
loin d'ici. Dans leur pensée, je n'y suis déjà
plus.

« Et je songeai que les dîneurs comptaient
sans leur hôte. Il faut croire que les forces
commençaient à me revenir, car il me sembla
que j'avais souri, et probablement j'avais fait
quelque grimace, premier symptôme de mon
retour à la vie. J'essayai de tourner ma tête sur
l'oreiller, et elle tourna. Ce succès me rendit si
heureux que j'aurais voulu pouvoir appeler
mes gardiens et leur crier : « Mes amis, je suis
vivant ! » — Mais je songeai qu'ils ne s'en ré-

jouiraient pas, et je les regardai fixement. Je les vis boire tous deux, l'un après l'autre, et j'eus beau chercher, je ne trouvai qu'un verre sur la table.

« Je dois le confesser avec humilité : tout grondant de fureur, tout plein de jalousie, je m'endormis. La volontaire et toute-puissante nature me l'ordonnait et je lui obéis. A minuit je fus éveillé par une main qui touchait la mienne. Mon bras remua, et cette fois, je n'éprouvai aucune douleur. »

— Il va mieux, dit le médecin. S'il continue ainsi jusqu'à demain, il est sauvé.

« Je l'étais en effet. Palmeriello se préparait à partir. Olympe lui dit d'attendre un moment, et que tout à l'heure elle le reconduirait. Ils se retirèrent derrière un paravent qui masquait la porte, et je les perdis de vue. Olympe vint ensuite chercher une lumière pour éclairer Palmeriello. Ils restèrent assez longtemps dans l'escalier. Je me rappelai alors le tableau des ombres entrelacées, la conversation du dîner, le détail du verre où ils avaient bu tous deux. J'eus un moment l'espoir d'avoir vu toutes ces choses dans un rêve; mais la table était là, on ne l'avait pas desservie; on l'avait même poussée près de mon lit. Par un effort suprême, je réussis à soulever le haut de mon corps sur mes mains tremblantes. Ma tête s'avança au-dessus de la table. Je regardai de toute la force de mes yeux : il n'y avait qu'un verre! j'en savais assez. »

XII

Au bout de vingt ans, Édouard Falconey,
après avoir dicté à Pierre ce qu'on vient de lire,
jugea inutile d'aller plus loin; mais il en raconta bien davantage. Olympe, en découvrant
qu'il était possible de sauver son malade, retrouva ses bons instincts; car cette femme, au
milieu de ses égarements, conservait certaines
vertus. Trois semaines de soins intelligents et
d'attentions extrêmes achevèrent la guérison
d'Édouard. Pendant ce temps, l'assiduité de
Palmeriello et le dévouement d'Olympe ne se

ralentirent pas un moment, de sorte qu'en se
levant pour la première fois et en regardant par la fenêtre le beau spectacle de la
baie de Naples , le convalescent se sentit
pénétré d'attendrissement et de reconnais-
sance pour les deux personnes qui l'avaient
sauvé.

Si, dans ce moment, Falconey eût fait part
à Olympe de tout ce qu'il savait, les preuves
d'affection qu'il avait reçues d'elle auraient
trouvé place dans la balance du bien et du mal.
Une explication franche pouvait rajuster bien
des choses, et du moins Édouard, au lieu d'une
maîtresse, aurait conservé deux amis. Mais à
l'idée d'exprimer des griefs si affreux, le courage lui manquait; il se sentait défaillir, et
remettait au lendemain, puis au jour suivant.
Cette hésitation l'entraîna dans une série de
fautes graves. Son humeur devint sombre et
hostile. Son caractère s'altéra. La présence du
Palmeriello l'exaspérait. Dévoré de jalousie,
étouffé par son secret, il parlait un langage

mystérieux, comme Hamlet entre sa mère et
Claudius.

La situation se compliqua encore, lorsque
Édouard reconnut que l'amour survivait dans
son cœur aux outrages et aux blessures, et que
la véritable cause de son silence était la crainte
d'une rupture inévitable et définitive. Par moments, des retours de passion succédaient à ses
accès de colère, et quand il avait arraché à
Olympe quelque témoignage de tendresse, il
changeait de ton et lui parlait avec mépris. Sans
doute cette conduite était déraisonnable; mais
qui osera déterminer à quel degré de faiblesse
doit s'arrêter un jeune homme doué d'une sensibilité excessive, trahi par celle qu'il aime dans
des circonstances horribles, et abattu par deux
maladies aussi redoutables l'une que l'autre, la
fièvre cérébrale et l'amour? Cependant, au bout
de quinze jours, le calme et la raison revinrent
avec les forces. Verdier, qui revint alors de
son voyage en Sicile, devina ce qui se passait
entre Olympe et le médecin, et il fit part à son

ami de ses remarques avant de retourner en France. Falconey, rentré en possession de lui-même, prit la résolution d'en finir comme le voulaient la délicatesse et la dignité.

L'hôtel de la *Vittoria* n'étant plus tenable, à cause de la dépense qu'il y fallait faire, on le quitta pour se loger dans un appartement que le médecin avait pris la peine de chercher. C'étaient encore deux *chambres únies*, dans une maison paisible située au *Vico Carminiello*, petite rue qui aboutissait au quai de Chiaia.

Un soir, Palmeriello ayant averti ses amis qu'il ne viendrait pas, Falconey trouva le moment opportun pour l'explication qu'il souhaitait. Il aborda nettement la question, afin de ne point offrir à Olympe la tentation d'un mensonge. Elle parut d'abord atterrée, puis elle voulut protester énergiquement. Édouard se vit obligé de raconter tout ce qu'il avait vu et entendu.

—Ne songez plus à nier, dit-il ensuite; vous

ne feriez que m'irriter. Les querelles n'amènent la réconciliation qu'entre amants, et nous ne le sommes plus. Il ne tiendrait qu'à moi de vous dire des choses qui vous feraient rentrer sous terre. Je vous les épargne. Je vais plus loin : je vous excuse. Oublions la date et les circonstances de votre infidélité. Soyez sincère. Dites-moi que vous aimez cet homme, et donnez-moi la main.

— Jamais ! s'écria Olympe en bondissant par la chambre; ce n'est pas dans ces conditions-là que nous nous séparerons. Je ne suis ni votre maîtresse ni votre amie. Je suis une femme offensée. Il ne dépendra pas d'un fou de convertir en accusation sérieuse les cauchemars de sa cervelle. Je ne prendrai que le temps de vous désabuser, quoique je méprise les justifications, et puis vous irez de votre côté, moi du mien.

— Comme il vous plaira, reprit Édouard. Demain, quand Palmeriello viendra, je l'interrogerai. Nous verrons s'il aura plus de fran-

chise que vous. Mais ne sortez pas d'ici, n'es-
sayez pas d'avertir votre complice, sans quoi, je
refuse d'entendre vos moyens de défense. Ne
vous abusez pas : je ne suis plus le pauvre
amoureux de Florence dont les accès de jalousie vous servaient de passe-temps. L'a-
mour est mort. Judith, tu as tué Holopherne.
Tu es partie de Paris avec un enfant; aujour-
d'hui tu as affaire à un homme.

— A un homme soupçonneux et ingrat, reprit Olympe, à un énergumène ennemi de son
propre bonheur. Je me détacherai de lui, je
l'abandonnerai à sa folie et à ses remords. Je
l'accablerai de mon dédain.

— Justifiez-vous d'abord; vous m'accablerez
après, si vous pouvez.

— Oui, je t'accablerai. Je t'apprendrai que
mon âme est supérieure à la tienne.

— C'est ce qu'on verra demain aux débats
du procès.

Malgré l'assurance dont elle faisait parade,
Olympe redoutait ces débats, en présence d'un

juge sur ses gardes. Elle voulut tenter quelque manœuvre hardie pour les besoins de sa cause. Prévenir Palmeriello, s'entendre avec lui et convenir d'avance des réponses qu'il devait faire eût été un coup de maître; mais cette tactique était trop visiblement indiquée par la situation pour que Falconey ne la devinât pas.

Comme à l'hôtel de la *Victoire*, une porte séparait les deux chambres du nouvel appartement. Au milieu de la nuit, Édouard, en s'éveillant, aperçut de la lumière au bas de cette porte. Il se leva doucement, mit sa robe de chambre, et entra brusquement chez Olympe. Un froissement qu'il entendit lui apprit qu'elle venait de cacher un papier dans son lit. Elle avait d'ailleurs un carton sur ses genoux, la plume à la bouche et l'écritoire à portée de son bras.

— Peut-on savoir à qui vous écrivez? lui demanda Édouard.

— Je n'écris point de lettre, répondit-elle. Je compose.

— Dans les termes où nous sommes, reprit

Édouard, cela prouve de votre part une grande
liberté d'esprit. Par malheur, vous n'avez pas
caché votre lettre assez vivement. J'ai vu le
geste, et j'ai entendu le bruit du papier. Pourquoi cet entêtement, cette envie de vous concerter avec Palmeriello? Au lieu de tout cela,
faites-moi simplement l'aveu de votre nouvel
amour, et dès que je pourrai monter dans une
voiture, je partirai pour la France.

— Ne l'espérez pas, dit Olympe avec un re-
doublement de colère, n'espérez pas que je
vous laisse partir pour aller dire en France ce
que vous pensez de moi, et présenter à nos
amis vos visions comme des réalités. Ou vous
reconnaîtrez votre erreur, ou vous ne sortirez
plus de Naples.

— Je voudrais bien savoir comment vous
m'empêcherez d'en sortir.

— En vous faisant enfermer.

— Enfermer ! Et où donc?

— Dans une maison de fous, car je dirai que
vous êtes fou, et l'on me croira. Les gens de

l'hôtel, qui vous ont vu dans un accès de délire, témoigneront que c'est la vérité. Il ne faut plus qu'un mot du médecin pour vous faire enlever et transporter à Averse.

— Averse! répéta Falconey, le Bicêtre de Naples!

— Vous y dormirez la nuit prochaine. Voilà pourquoi je veux me concerter avec Palmeriello. Comprenez-vous à présent?

Falconey a raconté souvent à ses amis que, dans ce moment, les yeux d'Olympe lançaient des feux si terribles qu'il se sentit dominé par elle. En songeant que ces menaces pouvaient ne pas être vaines, qu'il se trouvait à la merci d'une femme vindicative et d'un obscur médecin dont il ne savait que le nom, son imagination naturellement vive, surexcitée encore par le chagrin, lui représenta l'intérieur d'une maison d'aliénés : les cabanons, les mauvais traitements, la camisole de force, et il fut saisi d'une telle horreur qu'il s'enfuit dans sa chambre et se jeta sur son lit en balbutiant :

— Je suis perdu! ils me feront passer pour fou, et je le deviendrai.

Son épouvante le tint éveillé. Les yeux et l'oreille aux aguets, il entendit Olympe se lever, marcher dans sa chambre, ouvrir doucement la fenêtre et la refermer. Ces mouvemens extraordinaires lui firent supposer qu'elle renonçait à l'idée d'avertir son complice par écrit, et qu'elle venait de déchirer sa lettre et d'en jeter les morceaux par la fenêtre.

— Si j'avais, se dit-il, la force et le courage de descendre dans la rue au point du jour, j'y trouverais peut-être encore quelque fragment de papier. Ce fragment contiendrait un mot significatif, et cette pièce me suffirait pour déjouer leur complot et les confondre tous deux.

Dès qu'il aperçut les premières lueurs du matin, Falconey s'habilla sans bruit. Les deux chambres avaient des issues séparées dans un corridor. Il descendit sur la pointe du pied, enveloppé de sa robe de chambre et chaussé de ses pantoufles. Tout dormait encore dans la maison, et cependant Édouard en trouva la porte grand'ouverte.

Un peu étonné de cette circonstance, il regarda autour de lui. A trois pas, dans la ruelle, il vit une femme vêtue d'un jupon blanc et d'un grand châle, coiffée d'un bonnet de nuit recouvert d'un foulard noué sous le menton. Elle paraissait chercher à terre quelque objet perdu, le corps courbé en avant, les mains sur ses genoux. Un vent assez fort souflait du nord-ouest, et la mer brisait ses vagues contre les quais, en sorte que la chercheuse n'entendit point Édouard s'approcher d'elle. Il lui frappa sur l'épaule, en disant d'un ton solennel, comme le revenant de Hoffmann, dans le conte fantastique du *Majorat :*

— William ! William ! que viens-tu faire ici, à cette heure?

La chercheuse tressaillit, en reculant de deux pas.

— Nous ne retrouverons point les morceaux de ta lettre, poursuivit Édouard. Le vent a balayé cette rue pendant toute la nuit. Ton expédition n'a pas eu de succès, tandis que la mienne a réussi. Notre rencontre sous cette fenêtre vaut mieux qu'un écrit revêtu de ta signature. Femme, il fait froid. Rentrons à la maison.

— Non, répondit Olympe, je n'y rentrerai pas. C'est toi qui as commis une imprudence en venant ici, à cette heure. Ce dernier trait de folie te livre à moi. Rentre toi-même à la maison en attendant que je revienne avec le médecin.

— Nous irons le chercher ensemble, reprit Édouard, car je prétends ne pas te quitter d'une semelle, et si tu m'accuses de folie, ce sera en ma présence.

— Eh bien, suis-moi donc, si tu peux.

Tous deux se mirent à courir dans la direction du quai. Falconey retrouva pour cet exercice violent plus de force qu'il n'espérait en avoir. Un moment, il perdit de vue Olympe, au détour de la rue; mais arrivé au même point, il la vit à vingt pas de lui. Elle passa

devant le factionnaire du château de l'Œuf, qui
sortit de sa guérite en ouvrant de grands yeux ;
puis elle descendit à la rive de Sainte-Lucie
et se jeta dans une barque, en commandant aux
rameurs de partir ; mais Édouard, qui la suivait
de près, sauta aussi dans la barque, se glissa
sous la tente, et s'assit à côté d'Olympe, en s'é-
criant :

— Le fou est en pleine mer !

— Excellences, où allons-nous ? demandè-
rent les barcarols.

— A Portici ! cria Olympe.

Et la barque partit rapidement, balancée sur
le dos des vagues. Elle doubla la pointe du môle
et se dirigea vers Portici. Les deux voyageurs
restèrent côte à côte, les dents serrées, regardant devant eux. Après un silence de trois
quarts d'heure, le rideau de la tente s'ouvrit,
la barque toucha le rivage.

— Excellences, nous sommes arrivés, dit un
des rameurs.

Olympe sauta lestement à terre et se remit à

courir, espérant, cette fois, lasser Édouard, lui échapper, et retourner à la ville sans lui par la voie de terre. Dans ce dessein, elle prit un sentier montueux, tourna l'angle d'un mur et se cacha dans un cimetière dont la porte se trouvait ouverte. A peine s'était-elle assise, hors d'haleine, sur la pierre d'une tombe, qu'elle vit devant elle Falconey debout, les bras croisés. De rage et de dépit, elle fondit en larmes.

— A votre place, lui dit Édouard, je renoncerais à une entreprise impossible et j'avouerais que je suis une menteuse.

— Eh bien, oui, répondit-elle.

— Et une désolée menteuse, reprit Édouard. Cet aveu me désarme. Ajoutez que vous êtes la maîtresse de Palmeriello, et ce sera ma seule vengeance.

— Eh bien, oui, je suis sa maîtresse.

— Je ne vous en veux plus. A présent, si vous m'en croyez, retournons à Naples.

Ils redescendirent ensemble le sentier qui menait au rivage, l'une toujours pleurant, l'au-

tre déjà plein de clémence et de compassion.
Pendant le trajet du retour, Falconey reprit la
parole.

— Calmez-vous, dit-il; oublions, s'il se
peut, cette triste aventure. Je ne dirai pas
que je vous pardonne, puisque ce seul mot
vous paraît une offense. Je désire que vous soyez
heureuse. Pour cela, il faut que vous estimiez
ce Palmeriello. Ne lui demandez donc jamais
s'il aurait eu l'audace de vous seconder dans
votre projet. Pourriez-vous bien l'aimer si c'é-
tait un fourbe et un infâme? Tâchons de le
croire honnête homme. Vous promettre de ne
jamais raconter cette affreuse histoire à Pierre,
qui m'aime comme un frère, à Verdier, dont
l'amitié pour moi est une espèce de culte, ce
serait vous leurrer d'une fausse espérance.
Vous assurer que, dans mes ouvrages à venir,
on ne découvrira aucune trace de ces souvenirs,
je ne l'oserais. Quand la muse veut parler, le
poëte ou l'artiste ne peut plus se taire. Mais
Pierre et Verdier sont des amis sûrs. La muse

chante sans que l'homme soit obligé de dire
le sujet de sa souffrance. Ce que vous avez fait
de moi, je ne le sais pas. Mon génie est-il dé-
truit, mon imagination éteinte? Je l'ignore. .
Les gouttes de sang qui tomberont de ma blessure seront-elles au contraire des germes fé-
conds? Nous le verrons plus tard. Vaudrait-il
mieux pour vous que je fusse mort en Italie,
dans un cabanon d'hôpital? Je n'en crois rien.
La vérité est comme une graine imperceptible;
elle vole dans l'air et va tomber on ne sait où.
On l'enterre sous un tas de fumier; un beau
jour, elle en sort sous la forme d'un brin
d'herbe. Un passant la remarque, s'en empare
et la montre à tout l'univers. Votre calcul était
mauvais. Adressez-vous à mon amitié, vous
vous en trouverez mieux. Vous n'aurez pas encore levé la main pour frapper à cette porte-là
qu'elle s'ouvrira. Déjà je sens que je vous plains
de toute mon âme. Je suis mourant, et je vous
donnerai des soins; je suis au désespoir, et c'est
moi qui vous consolerai.

Olympe ne répondit que par des sanglots, non qu'elle fût touchée de tant de générosité, mais parce que cette générosité, c'était une défaite pour elle et une victoire pour lui. Cependant, à défaut du cœur, son intelligence comprit que son abaissement serait plus grand si elle se montrait tout à fait insensible. Elle tendit la main à Édouard en murmurant quelque chose de semblable à un remercîment, puis elle essuya ses larmes, et l'orage fut apaisé.

Tous deux s'aperçurent alors d'un phénomène rare à Naples. On était au mois de mars. Le vent était glacial, et il tombait une pluie fine mêlée de neige. Édouard tremblait de froid, ce qui était d'autant plus dangereux pour lui que l'exercice forcé de la course l'avait mis en nage; Olympe voulut absolument l'envelopper de son châle. Un autre embarras se présenta : il était neuf heures du matin; comment rentrer à la maison, dans l'accoutrement où ils étaient, au milieu d'une population rieuse et criarde? A peu de distance du port, ils donnè-

rent l'ordre aux rameurs d'aborder à l'endroit
le plus désert. Un des barcarols courut chercher
une voiture de place. Quelques passants vinrent former un groupe curieux et empressé
autour de cette voiture; mais la robe de chambre d'Édouard était neuve et d'une belle étoffe;
les bonnes gens saluèrent avec respect le jeune
seigneur étranger, en disant d'un air de bien-
veillance et d'intérêt :

— *Poveretto! sta poco bene.* (Le pauvret!
il est souffrant.)

Et le retour au logis s'opéra le plus simplement du monde. Palmeriello n'arriva qu'à
midi. Au premier coup d'œil, il devina qu'une
explication avait eu lieu entre Édouard et
Olympe. Ce qui s'était passé se voyait en partie
sur le visage sévère de l'un et dans le maintien
embarrassé de l'autre. Il aurait voulu chercher
dans les yeux de sa complice un signe de con-
nivence, un avertissement quelconque sur la
conduite qu'il devait tenir; mais il ne put saisir
un seul regard de ces yeux obstinément baissés.

La confusion le gagna lui-même. Falconey prétexta la fatigue et l'envie de dormir pour les engager à passer tous deux dans la chambre voisine, et il ajouta d'un ton significatif :

— Vous avez à causer ensemble. Revenez dans une demi-heure.

La conférence ne dura pas si longtemps. Au bout de cinq minutes Palmeriello reparut seul ; il se jeta impétueusement sur la main d'Édouard et la couvrit de baisers.

— Homme trop généreux, dit-il, tu sais donc mon crime? Je me prosterne devant ton magnanime caractère. Je me hais, je me méprise, je me condamne; mais je suis encore capable de repentir. J'expierai mes fautes par un noble sacrifice.

— Comment l'entendez-vous ? demanda Édouard en retirant sa main.

— Elle t'appartient, poursuivit Palmeriello; elle n'est pas *mienne*, cette femme qu'une ivresse insensée a jetée dans mes bras. Je te la rendrai. Tu partiras avec elle, et je mourrai d'une lente et cruelle mort, tandis que vous voguerez ensemble vers des pays que je ne verrai jamais. Rendez-moi un peu d'amitié. J'ai du courage et de la force. Dans ce corps de fer, il y a un cœur de lion.

Le Napolitain frappait du poing sa large poitrine.

— Et toi aussi! s'écria Édouard en riant, et toi aussi tu vas me faire une scène! Est-ce que tu crois par hasard que je vais pleurnicher dans tes bras? Veux-tu bien laisser ta poitrine en repos. Apprends, docteur de mon cœur, qu'il n'y a point dans ta pharmacie de remède au mal que tu m'as fait. Si tu n'as pas plus de fiel que moi, nous serons bons amis pendant le peu de jours que j'ai encore à rester entre vous deux; et dépêche-toi de me remettre sur pied, afin que je sois le moins longtemps possible comme une troisième roue à votre *corricolo*.

— Par Bacchus! dit le Napolitain stupéfait, si nos rôles étaient changés, vous ne savez donc pas que je vous aurais poignardé?

— Tu m'aurais planté bravement ton couteau dans les reins au coin d'une rue, n'est-ce pas? Et moi, si tu me guéris trop bien, je te rosserai à coups de poing le jour de mon départ. Va-t'en tout de suite à la cuisine commander un potage pour ton malade, car je meurs de faim. Ce soir je te régalerai d'un macaroni, sur lequel on prélèvera ma part du dîner, et ta gourmandise me préservera d'une imprudence.

Olympe écoutait à la porte. Son orgueil, ce grand ressort de son âme, n'était plus en jeu, c'est pourquoi elle eut un bon mouvement. Elle laissa le petit médecin descendre à la cuisine et ouvrit la porte.

— Mon Édouard, dit-elle en se mettant à genoux, que ta gaieté me fait de bien! elle revient donc? Tu peux donc encore être content, jouir de la vie, aimer peut-être, aimer une femme meilleure que moi?

— Non, signora, pas encore, répondit Édouard. Ma bonne humeur n'est qu'une manière de vous aider à chasser les sombres pensées. Voulez-vous que je chante en *la bémol mineur* entre deux personnes qui exécutent le duo de *Felicità* en *mi naturel?* Depuis que vous ne m'aimez plus, ce que j'ai dans l'âme appartient à moi seul.

— Quoi! reprit Olympe avec émotion, je n'en saurai plus rien?

— Plus rien, signora. Vous êtes Napolitaine. Allons, relevez-vous; il ne faut pas, dès le premier jour, donner de l'ombrage à votre amoureux. Il est gentil et bon diable; qu'il ne vous voie pas à genoux devant un étranger. Relevez-vous, et causons de choses et d'autres, en épluchant une orange. Le temps qu'il fait et la couleur de votre robe me paraissent des sujets de conversation sans reproche, pour deux personnes qui ne veulent pas abuser du tête-à-tête.

L'accord le plus parfait régna, pendant huit jours, entre les trois amis. Édouard savait se maintenir dans une position qui eût été difficile pour un homme moins bien élevé. Sans montrer une réserve exagérée, il évitait soigneusement toute allusion à ses anciens rapports avec Olympe; sa familiarité même avait le caractère d'un dégagement complet. Les nuances de ce genre ne sont point perdues entre un Parisien habitué au monde et une femme; c'était de l'hébreu pour Palmeriello. Le pauvre garçon, quoique assez instruit pour le pays où il vivait, connaissait peu de choses étrangères à sa profession et à sa ville natale. Quand la conversation s'élevait, il ne brillait guère; Édouard eut encore le bon goût de ne parler que de choses vulgaires en sa présence, et il trouvait moyen de faire valoir ce rival qui l'avait supplanté. Palmeriello d'ailleurs suppléait à l'esprit qui lui manquait par une certaine grâce et par la vivacité méridionale.

Il semblait que les choses dussent aller ainsi le mieux du monde; cependant Olympe, au lieu de seconder Édouard, prit bientôt un malin plaisir à le faire dévier de la ligne qu'il suivait et à remettre ces deux hommes dans une situation fausse vis-à-vis l'un de l'autre. Souvent elle rudoyait Palmeriello sans raison, tandis que les gracieusetés, les sourires étaient pour Édouard. Dans les petits soins de garde-malade, elle affectait un empressement qui ressemblait à de la tendresse, et lorsque involontairement Palmeriello fronçait le sourcil, elle redoublait son manége. Falconey lui représenta que cette conduite n'était pas loyale.

— Il s'agit bien de cela! s'écria Olympe. Je me soucie bien de ce qu'il en pense! qu'il soit jaloux s'il le veut. Ne l'as-tu pas été, toi?

— Vous ne l'aimez donc pas? demanda Édouard.

— Je l'aime et je le hais tout à la fois.

— Mais moi, reprit Édouard, j'ai sujet de me plaindre comme Palmeriello. A mon âge, on ne se guérit pas d'une passion amoureuse en huit jours, et au lieu de panser la blessure que vous m'avez faite, vous l'irritez sans cesse. Sous le prétexte de soigner mon corps, vous oubliez que vous pouvez tuer mon âme.

— Non, répondit Olympe, je ne l'oublie pas. Je ne veux pas que tu te guérisses; je ne veux pas que ta blessure se ferme.

— Et vous osez me le dire en face ! Savez-vous que je suis en droit, sur un tel aveu, de vous regarder comme l'ennemie de mon repos, comme une femme dangereuse et détestable !

— Déteste-moi; je préfère cent fois la haine à l'indifférence. Je ne puis supporter ce ton dégagé que tu as pris avec moi.

— Toujours l'orgueil ! rien que l'orgueil ! murmura Falconey.

— Je ne puis supporter, poursuivit Olympe, cet air amical et sans rancune que tu montres à ton rival; car enfin, je l'ai préféré à toi, ce carabin, tout plat, tout incolore qu'il est.

— Taisez-vous ! dit Édouard avec un accent si impératif qu'elle s'arrêta en bégayant; indigne créature ! Taisez-vous, ou je sors à l'instant de cette maison, pour n'y jamais rentrer.

Olympe s'enfuit dans sa chambre et poussa des cris où l'on sentait que la colère avait plus de part que le chagrin.

XIII

Le lendemain, Falconey, quoique très-faible
et très-souffrant, pria Palmeriello de lui chercher un domestique disposé à partir avec lui
pour la France. Le Napolitain mit beaucoup
de zèle et de promptitude à s'acquitter de cette
commission. Il trouva une espèce de Figaro de
vingt-cinq ans, sans famille, prêt à voir du
pays, moyennant salaire. Deux places furent
retenues quatre jours d'avance, au *Carrosse postal* de Naples à Rome, sans qu'Olympe en eût
été avertie.

Le matin du jour fixé pour le départ, le Figaro vint prendre possession de son emploi et faire les bagages de son patron. Olympe regarda ces préparatifs d'un air sombre, sans demander aucune explication. Édouard, qui redoutait une crise, adressait à son domestique cent recommandations minutieuses. L'arrivée de Palmeriello fit une heureuse diversion. Il s'attendait à être grondé pour avoir gardé le secret du départ; mais Olympe, en le voyant, parut retrouver tout à coup sa plus belle humeur. Assise à côté de lui, la main sur son épaule, elle témoigna beaucoup de joie de pouvoir bientôt parcourir avec lui les environs de Naples, aller en barque à Capri, à Sorrente, à Castellamare; n'ayant plus de malade à soigner, elle aurait désormais liberté complète; elle voulait louer une maisonnette à Pausilippe, près d'un bois d'orangers, jouir des plaisirs de la campagne, du printemps, de l'avantage de posséder deux bonnes jambes et de la santé.

— C'est cela, mes amis, interrompit Édouard;

divertissez-vous bien. Moi, je suis comme ce jeune baron allemand à qui le diable avait gagné ses jambes au piquet. Ce malheur ne m'empêchera pas de faire quatre cents lieues avec les jambes des autres.

— Pour commencer, reprit Olympe, nous irons dîner ce soir à Fuori-di-Grotta.

Ce mot de Fuori-di-Grotta rappela subitement à Édouard le moment où la vérité s'était montrée à lui toute nue. Il en eut un frisson et changea de visage. Olympe s'en aperçut et redoubla ses câlineries, en appelant Palmeriello son cher petit docteur. Mais cette gaieté factice ne dura pas; elle s'éteignit tout à fait quand l'heure du départ eut sonné. Un silence de mort régna dans la voiture, pendant le trajet de la maison à l'hôtel des Postes. Tandis qu'on chargeait les bagages sur le carrosse postal, Olympe se leva impétueusement d'un banc de pierre où elle était assise, et vint tirer Falconey par le bras.

— Mon Dieu! lui dit-elle, je n'ai pensé à

rien. Me laisses-tu le titre d'amie? te reverrai-
je un jour? m'écriras-tu?

— Je veux être votre ami, et ferai ce que
vous voudrez.

— Tu ne partiras pas sans me dire que tu
me pardonnes?

— Je croyais que vous n'aimiez pas ce
mot-là, et, d'ailleurs, je vous ai déjà pardonné.

— Au moins, tu ne me refuseras pas, en partant, l'aumône d'un baiser?

Mais Falconey avait trop de peine à surmonter ses propres émotions pour se laisser
envahir par celles des autres. Il serra furtive-
ment la main à Palmeriello, et choisit le moment où Olympe essuyait ses yeux pour monter
dans le courrier.

Le mal que cette femme avait fait à Jean Cazeau lui fut ainsi rendu.

— Tu es sans pitié, dit-elle en saisissant la
main qu'Édouard lui tendit par la portière. Je
suis bien malheureuse.

— Et moi donc, croyez-vous que je sois au comble du bonheur?

La voiture partait.

— Adieu! s'écria Édouard.

— Non, répondit Olympe, pas adieu, jamais adieu! au revoir!

— Eh bien, soit : au revoir!

— Nous aurons beau temps pour dîner à Fuori-di-Grotta, dit Palmeriello.

— Je ne dînerai pas avec toi, homme; je ne dînerai pas du tout. Je te trouve bien hardi de prétendre me consoler moyennant une partie de plaisir et ta sotte compagnie.

— *Cara Olimpia*, reprit le jeune médecin, vos volontés sont des ordres sacrés pour votre esclave. Pourvu que vous m'aimiez, je ne me plaindrai jamais.

— Peut-être, répondit Olympe. Ne souhaite pas trop que je t'aime.

A peine sorti de Naples, Édouard se demanda ce qui l'obligeait à partir. Les lois du

monde, la fierté, le respect humain? Que signifiait tout cela pour un amant malheureux?

— Le repos du corps, le calme de l'âme, c'était
le néant, la solitude et le pire des fléaux,
l'ennui! En pensant à ses parents, il se rappela
les larmes que son départ leur avait causées,
leurs craintes, leurs tristes pressentiments
trop bien réalisés ; ils ne savaient encore
que la moitié de ses souffrances physiques et
rien de ses peines de cœur. N'allait-il pas leur
porter des chagrins et des inquiétudes qu'il
leur épargnerait en ne partant pas? Tandis
qu'on changeait de chevaux, à Capoue, Édouard
vit passer un voiturin qui prenait le chemin de
Naples; ne pourrait-il pas retourner près d'O-
lympe, se jeter à ses pieds, demander grâce
pour lui-même, reprendre sa position d'amant
abandonné, et dire à cette femme :

— Il m'est impossible de vivre sans toi. Tu
avais raison : Oui, je suis fou; je mériterais
d'être enfermé pour avoir voulu te quitter.
Je reviens, punis-moi, fais-moi souffrir encore.

Olympe! Olympe! est-ce que tu ne veux plus me tourmenter?

Par bonheur ce sont là des résolutions qu'on exécute rarement. Le voiturin passa; le courrier avait changé de chevaux; Édouard remonta en soupirant dans le carrosse postal, et machinalement, sans penser à rien, l'esprit engourdi, le cœur gonflé, il poursuivit son voyage, dont le chagrin l'empêcha de conserver aucune impression. En traversant les Alpes seulement, il mit pied à terre dans un site pittoresque, d'où il dit adieu à l'Italie qu'il ne devait plus revoir, et mêlant dans sa pensée les séductions de ce beau pays avec les charmes de sa maîtresse infidèle, il s'en prit à la nature de tout ce qu'il souffrait; il se plaignit amèrement du combat que l'amour et les regrets livraient dans son âme à la raison, à la dignité, à l'honneur.

— Dieu puissant! s'écria-t-il, puisqu'il ne faut plus que je l'aime, ôtez-la donc de mon souvenir!

Dans les premiers jours d'avril, Pierre, en regardant un matin par la fenêtre, vit un fiacre s'arrêter à la porte de sa maison. Un homme en habit de voyage descendit de voiture avec peine, et s'appuya d'une main sur une canne et de l'autre sur le bras d'un domestique. Cet homme avait le front peu garni de cheveux, la barbe longue, le visage maigre, les jambes enflées, l'air défait et abattu; en traversant la cour, il leva les yeux, promena ses regards avec attendrissement sur toute la maison et fit un signe de tête à Pierre, qui le reconnut alors et descendit précipitamment. Les deux amis s'embrassèrent et le malade s'assit un moment au pied de l'escalier.

— Mon ami, dit Pierre, tu as suivi de si près la lettre qui annonçait ton retour, qu'on n'espérait pas te revoir aujourd'hui. Tu ne peux pas te présenter brusquement dans cet état déplorable. Laisse-moi te précéder de quelques minutes; il faut des précautions avec une famille qui t'aime si tendrement.

— Je suis donc bien changé ? demanda Édouard.

— Nous parlerons de cela tantôt.

Pierre entra dans l'appartement, dont la porte resta ouverte; Édouard, qui le suivit lentement, s'arrêta dans l'antichambre. Bientôt après, trois personnes arrivèrent en courant; on entendit des cris déchirants, et la porte se referma.

XIV

Édouard de Falconey avait une constitution excellente, et ce que le savant M. Flourens, dans son charmant livre de *la Longévité*, appelle une grande réserve de force. Il ne lui fallait pas moins pour se remettre de l'atteinte profonde qu'il venait de recevoir. Comme on a pu le remarquer, Olympe avait admirablement soigné le malade, mais elle avait assez maltraité le convalescent. Trois mois de calme suffirent à réparer le désordre physique, le visage d'Édouard commençait à s'arrondir; ses

cheveux repoussaient abondamment, et on le
voyait reprendre peu à peu la vivacité, la fraîcheur et tous les signes aimables de la jeunesse
et de la santé.

· Or, les sensations d'un homme bien portant
ne sont pas les mêmes que celles d'un malade,
et les sensations déterminent le cours des idées;
Falconey, en éprouvant une espèce de joie sans
motif, crut de bonne foi que son cœur se gué-
rissait. Mais lorsqu'il voulut retourner dans le
monde, revenir à ses plaisirs, à ses lectures,
à ses travaux, il s'aperçut que tout ce qui l'avait
charmé autrefois le laissait aujourd'hui indifférent. Ses goûts avaient changé en littérature,
en musique, en peinture. L'ancien homme
s'était enfui, et un homme encore inconnu
avait pris possession de l'enveloppe désertée.
Celui-ci paraissait être plus difficile à contenter,
d'un jugement plus sévère, d'un esprit plus
réfléchi et d'une humeur moins communica-
tive, il restait à savoir si son imagination aurait la faculté de produire. Édouard ne voulut

pas se presser d'en faire l'épreuve. Pour ne point se laisser accuser de stérilité, il publia seulement ses souvenirs de Florence, où l'on remarqua une nouvelle transformation de son talent. Tandis que sa réputation grandissait, il eut ainsi le loisir de recueillir tout le fruit que lui devaient donner l'expérience et les chagrins, et de préparer ce qu'en peinture on aurait appelé sa troisième manière. Cependant comme il n'avait encor ni touché une plume ni ouvert son piano, Pierre lui demanda où il en était, ce qui se passait en lui, et si la muse n'aurait pas bientôt quelque chose à dire.

— Je ne sais ce que j'éprouve, répondit Édouard. Je ne suis ni gai ni triste; il me semble que je n'ai plus rien à espérer ni à attendre; et pourtant, lorsque je rentre à la maison, le soir, et que le vent d'été me souffle au visage, j'étends les bras, et je ne sais quoi me pénètre dans le cœur qui ressemble à de l'espérance. Quand je rôde dans cette solitude qu'on

. appelle le monde, je regarde autour de moi, comme un cheval égaré cherche une fontaine pour se désaltérer ; et puis, à l'idée que je pourrais trouver quelque sujet de m'émouvoir, je n'ose plus rien désirer. Mais alors ce repos que je voudrais conserver me paraît être le frère jumeau de l'ennui. L'amour est une douleur, la haine est une douleur, l'avarice, l'ambition, la colère, toutes les passions sont des maux ; pourquoi donc, mon Dieu, l'indifférence, qui est l'absence de toutes les passions, n'est-elle pas un bien ?

— Patience ! répondit Pierre. Tu n'as que vingt-trois ans. L'indifférence est venue avec les fraises ; elle s'en ira aux vendanges.

Sans attendre les vendanges, Falconey, invité par tout le monde, recherché surtout par les jeunes gens, se jeta, pour secouer son ennui, dans une vie dissipée. Ses camarades de plaisir étaient des gens d'excellente compagnie, à qui le vin, le jeu, les chevaux, les excur-

sions à la campagne ou les mascarades ne suffi-
saient pas, si tout cela n'était assaisonné par
l'esprit, la conversation, la poésie et beaucoup
de musique; c'est pourquoi on ne pouvait se
passer de Falconey. Pour l'amusement de ses
amis, il consentit souvent à s'asseoir au piano.
Animé par la table, le bruit et les rires, il
composa des chansons qui faisaient pâmer d'admiration les convives. La muse, bonne fille,
mettait son bonnet de travers ; mais sous le
masque de l'insouciance et de la folie elle ca-
chait une sensibilité qui s'exaltait tous les
jours davantage. A chaque instant l'image
d'une femme passait devant les yeux d'Édouard.
Au milieu des plaisirs, il pensait à la terrible
Olympe de Portici, qui le menaçait de le faire
enfermer, et il tombait tout à coup dans une
tristesse noire. Aux heures de solitude, il
voyait l'autre Olympe, appuyée sur son bras,
dans les bois de Moret, et il se sentait pénétré
d'une profonde mélancolie.

C'était dans cette dernière disposition qu'il

répondait aux lettres de Naples, — car il en venait assez régulièrement une par mois. — Un matin, après avoir lu un petit journal satirique où William Caze était en butte à des attaques, il écrivit une longue lettre dans laquelle il donnait à son ancienne amie l'assurance de ne jamais renier ce qu'il avait aimé, comme saint Pierre avait renié son maître ; et puis, ce tribut une fois payé aux amours passées, il partit gaiement avec son ami Verdier, à la recherche de l'imprévu, au gré du hasard et de la fantaisie. Au retour de cette partie de plaisir, qui l'avait mené jusqu'à Enghien, Édouard crut s'apercevoir que la vie turbulente l'étourdissait sans le distraire. Son esprit inquiet prit subitement en aversion la fumée de Paris, les toits, les moulins de Montmartre, la boue, les pierres, tout ce qui, disait-il, pouvait porter l'homme à vivre plié en deux, les coudes sur une table et le front sous une lampe. On était dans la saison des eaux; il partit pour l'Allemagne, y passa un mois, et revint à l'automne aussi content de

revoir Paris qu'il avait été pressé d'en sortir.
Capharnaüm était redevenu Athènes.

Pendant ce temps-là, Olympe envoyait de
Naples des morceaux que le public accueillait
avec une faveur constante. Dans ces ouvrages,
quelques vagues souvenirs des temps heureux
revenaient par instants et donnaient au maëstro
des accents vrais et naïfs. Bien qu'il y eût dans
le succès une part pour la curiosité, ce succès
était légitime; et comme il allait toujours gran-
dissant, Falconey éprouva un plaisir extrême à
penser que, sous son influence, le talent d'O-
lympe aurait produit ses fleurs les plus belles
et les plus pures.

Sur ces entrefaites, la nouvelle se répandit
du retour de William Caze à Paris. Falconey
se demanda quelle conduite il devrait tenir si
Olympe l'engageait à revenir la voir sur le
pied d'un ancien ami. Son agitation fut grande;
mais, au bout de huit jours, ne recevant pas
signe de vie, il pensa qu'on n'avait point envie
de le revoir. Un soir il entendit, au foyer de

l'Opéra, un groupe de jeunes gens plaisanter aux dépens du fécond maëstro, qui revenait, disait-on, encore plus riche en aventures qu'en chefs-d'œuvre. Ce langage blessa Falconey; il lui sembla que le jeune homme qui parlait ainsi l'avait regardé. Quoiqu'il n'eût aucun titre au rôle de défenseur et de chevalier d'une personne qui ne l'aimait plus, il s'irrita en pensant qu'on n'aurait point osé se permettre les mêmes plaisanteries dans le temps de son règne. Avec un peu de susceptibilité, ne pouvait-il prendre pour lui-même ce mot d'aventures? Édouard adopta cette façon élastique d'envisager la question; il connaissait le rieur du foyer de l'Opéra, et il lui écrivait une lettre de provocation, lorsqu'Édouard Verdier arriva fort à propos. Verdier supplia inutilement son ami de renoncer à cette démarche absurde; enfin, lorsqu'il eut épuisé tous les moyens de persuasion :

— Je vois bien, ajouta-t-il, que vous considérez comme une douce vengeance le plaisir de vous battre pour votre infidèle. Le procédé, j'en conviens, serait noble et digne de vous; mais, puisqu'il faut tout vous dire, vous joueriez un personnage ridicule. La dame de vos pensées est pourvue d'un champion. Apprenez que son petit médecin napolitain l'accompagne.

— Palmeriello à Paris ! s'écria Édouard en jetant sa lettre au feu.

— C'est à lui maintenant, reprit Verdier, de rompre des lances pour elle, et vous ne pouvez plus lui en disputer le privilége.

Olympe avait amené, en effet, Palmeriello. Persuadée que Falconey ne garderait pas le secret de l'aventure de Naples, elle voulait prouver que son héros était un homme supérieur à l'amant sacrifié; elle prétendait à l'absolution complète du monde. Il fallait donc nécessairement que Falconey fût un monstre, un ingrat, un fou, et qu'on trouvât en Palmeriello l'assemblage de toutes les perfections. Pour la démonstration de la première thèse, elle pouvait compter sur le secours des envieux; la sottise humaine devait faire le succès de la seconde.

William Caze ouvrit son salon à un petit nombre d'artistes qu'elle accabla de compliments, afin d'obtenir d'eux quelques témoignages d'estime pour son favori. Usant de l'autorité de son nom, et avec cette assurance imperturbable que donne l'engouement, elle présenta Palmeriello comme un grand connaisseur archéologue, un collectionneur érudit, possesseur de véritables trésors en antiquités et objets d'art. Il avait apporté une caisse pleine des merveilles les plus précieuses de toute la Péninsule italique. Un échantillon de ces raretés, étalé sur une table du salon violet, faisait l'admiration des visiteurs; on y voyait deux vases étrusques, deux camées antiques et une pierre gravée de Pikler avec la signature de l'auteur.

La vérité était que Palmeriello ne se connaissait en rien, que sa collection se composait seulement des objets exposés, héritage de feu son père, et qu'il n'avait d'autre envie que de les vendre pour payer les frais de son voyage en France.

Parmi les nouveaux habitués du salon violet, se trouvait un jeune pianiste allemand nommé Hans Flocken, d'un talent d'exécution incomparable, jouissant d'une réputation européenne, comblé de tabatières à portraits, familier chez des souverains de son pays, ayant des allures d'homme de génie et un peu gâté par les succès de concert; d'ailleurs séduisant, expéditif en amour, dédaigneux avec les hommes et irrésistible pour les femmes nerveuses, quand il se mettait au piano. Hans Flocken avait trop d'esprit et trop de hauteur pour faire aucune attention à Palmeriello. Sans perdre son temps à regarder les vases étrusques, il fit sa cour à la maîtresse de la maison. Heureusement pour le favori, ce rival dangereux, toujours entre une tournée en Allemagne et un voyage en Angleterre, fut obligé de partir pour Londres, où il devait passer un mois. Pendant cet intervalle, Olympe continua de prôner son antiquaire. On commençait à dire autour d'elle que ce mauvais sujet de Falconey avait abandonné sans pitié

William Caze, après l'avoir accablée de déboires, lui faisant un crime du choix d'un médecin, homme de grand mérite, qu'il s'était mis à prendre en grippe sans raison. Un incident vint renverser tout cet échafaudage.

On apprit que Falconey allait bientôt rompre le silence qu'il gardait depuis longtemps et publier un ouvrage considérable. En effet, la muse était descendue dans son cabinet de travail. Elle l'avait touché du bout de son aile et il avait senti qu'il ne pouvait chanter autre chose que sa douleur. Cet oublieux, cet ingrat si justement remplacé par un homme meilleur que lui, se métamorphosait en un malheureux blessé, qui ne montrait qu'à demi la plaie de son cœur; toute la jeunesse, tout ce qui souffrait, tout ce qui aimait devait bientôt répondre par un cri d'enthousiasme à ses plaintes. Un fragment qu'il avait fait entendre à ses amis ne laissait aucun doute sur le succès réservé à cette publication.

Olympe comprit qu'elle serait battue sur le

terrain où elle voulait engager la lutte. Au lieu
de s'entêter dans une comédie insoutenable,
elle changea ses batteries. Avec une incroyable
soudaineté, d'une femme fière et consolée qu'elle
était d'abord, elle devint une femme humble,
abandonnée et inconsolable. Dans ce nouveau
plan de campagne, Palmeriello n'avait plus ni
rôle à jouer ni service à rendre. Sa présence
devenait plutôt compromettante; en conséquence, d'un homme supérieur qu'il avait été
pendant quinze jours, il redevint, de son côté,
un importun et un sot. L'ordre de retourner à
Naples lui fut intimé dans un billet d'un laco-
nisme écrasant. Il voulut se révolter, on ne
l'écouta pas; il s'avisa de pleurer, on l'appela
lâche, en lui disant :

— Pleure si tu veux; mais va-t'en.

Le moment était venu du sacrifice de la collection. Un expert, chargé d'estimer la valeur
des objets d'art rapportés d'Italie, déclara que
les vases étrusques étaient d'une fabrique d'imi-
tation bien connue à Florence et à Rome, que

les camées étaient modernes et grossièrement
taillés, et que la pierre gravée, en simple pâte,
avait été moulée sur un original de Pikler. La
collection ne valait pas cinquante francs. Il
n'eût tenu qu'à Olympe de partager la confusion de Palmeriello ; elle aima mieux le traiter
d'ignorant. Le pauvre garçon, dans l'embarras
et le désespoir, ne pouvait plus ni rester ni
reprendre la route d'Italie. Cependant il trouva
du secours et se tira d'affaire par des moyens
dont le récit n'intéresserait personne ; je l'épargne au lecteur, en vertu d'un mot remarquable
de la duchesse de Maillé[1]. Palmeriello sortit
de Paris, en donnant à cette florissante cité
mille malédictions ; puis il disparut de la scène
du monde. Un caprice de femme l'y avait élevé ;
un caprice l'en expulsa pour jamais.

Après avoir ainsi balayé le terrain, William

[1] Une petite-fille de madame de Maillé, madame
la duchesse de ***, me citait, l'autre jour, ce mot de
sa grand'mère : « Ma fille, ne touchez pas à l'argent ;
cela pue. » (P. M.)

Caze ferma sa porte et s'imposa plusieurs jours
de réclusion. Pendant cette *veillée des armes*,
la servante répondait aux visiteurs que madame
était souffrante, qu'elle avait du chagrin, qu'elle
ne verrait pas de longtemps ses amis. Un matin, Falconey, en se levant, trouva sur son bureau une épître de quatre pages. Olympe ne
cherchait point à nier ses torts. Pour la première fois cette âme altière s'humiliait et s'ac-
cusait elle-même. A la suite de cette confession
venait une peinture énergique de ses remords.
Olympe parlait de se tuer, de se retirer dans
un cloître, de couper ses cheveux et de les envoyer à l'objet de ses regrets; elle finissait par
demander avec insistance une entrevue. Falconey consulta Pierre, qui vota énergiquement
contre la proposition. Après l'expérience de
Naples, consentir à retourner chez cette femme
artificieuse, c'était s'exposer à donner dans
quelque piége. Quel pouvait être son dessein?
Selon toute apparence, elle voulait reprendre
possession d'un cœur qu'elle avait perdu par sa

faute; effacer le souvenir de ce qu'elle appelait
elle-même son crime, et rompre une seconde
fois d'une manière honorable pour elle aux
yeux du monde, mais aussi cruelle et plus dangereuse peut-être pour Édouard. Celui qu'elle
avait trahi, qui l'avait quittée avec indignation,
elle voulait le faire voir à toute la terre, attaché
de nouveau à son char, et lui dire ensuite
comme à Palmeriello :

— C'est assez; pleure et va-t'en. Tu ne peux
plus affirmer maintenant que nous nous sépa-
rons parce que je t'ai trompé.

Les prévisions de Pierre ne manquaient pas
de vraisemblance. Édouard en convenait; mais
il y avait dans l'épître une menace qui le touchait : les cheveux d'Olympe étaient magnifiques, et il ne voulait pas qu'on y mît les ci-
seaux. Il se reprocherait toute la vie, disait-il,
d'avoir laissé commettre un sacrilége qu'il aurait pu empêcher. Pour lui cette raison était
déterminante : il consentit à l'entrevue. Peu de
jours après, il reçut une seconde lettre qui l'in-

vitait à dîner au cabaret avec deux autres personnes, et il accepta encore. Mais à la troisième
rencontre, il y eut une scène de cris et de larmes, et il en revint avec la résolution de ne
plus s'exposer à pareille tempête. Pierre,
croyant que tout finirait là, se réjouit de ce
dénoûment. Il se trompait fort. Le lendemain,
Olympe demanda par écrit une quatrième entrevue. Édouard répondit par un refus motivé,
d'une forme bienveillante.

« Il avait peur, disait-il, du mal d'amour, et
il ne voulait pas perdre en un jour le fruit de
six mois d'efforts et de réflexions. »

Une nouvelle épître arriva, pleine de suppli-
cations. Cette fois, il ne se pressa pas de répondre. Un soir, il était assis au piano, entouré
de quelques amis, lorsqu'on lui remit un paquet assez volumineux, scellé d'un cachet qu'il
connaissait bien. Il rompit ce cachet en trem-
blant, referma brusquement l'enveloppe, après
l'avoir déroulée à moitié, et serra le tout dans
un tiroir. Ses amis, le voyant préoccupé, se

17

retirèrent. Falconey revint alors au mystérieux paquet. Il l'ouvrit, l'examina longtemps, y plongea ses mains, le porta doucement à ses lèvres et se mit à pleurer. — C'étaient les cheveux d'Olympe.

XV

Il est nécessaire, pour l'intelligence de cette histoire, de transcrire ici quelques-unes des lettres de William Caze. Elles apprendront au lecteur en quel bizarre état se trouvait alors l'esprit de cette femme.

A M. ÉDOUARD DE FALCONEY.

Novembre 183...

« Tu m'écouteras, Édouard. Les cinq minutes que te coûtera la lecture d'une lettre, tu ne me les refuseras pas. J'ai été menteuse; mais dis toi-même s'il existe une femme plus sincère que moi, en ce moment.

« Sais-tu qu'il est horrible de perdre l'estime d'une personne qui vous aimait hier? Je me souciais bien de l'estime de l'*autre*, quand il est parti! Lui ai-je fait un mensonge, à lui? Ai-je pris la peine de feindre un instant, pour échapper à son mépris ou à sa haine? Ah! si tu m'as vue mentir, c'est que je t'aimais. — Veux-tu que je me guérisse? Fais-moi quelque atroce méchanceté. Mais, ô mon pauvre roseau, tu es toujours luttant contre la rancune ou contre la bonté. Tu me fais du mal et tu en as regret. Tu me traites injustement, et puis tu t'adoucis. Tu es un agneau avec tes colères de lion. Ah! je le vois bien : le monde se met entre nous et te défend d'oublier l'*injure*. Pauvre Édouard, si personne ne le savait, tu me pardonnerais; mais il y a là Verdier, qui dirait: « Oh! quelle faiblesse! » Lui qui pleure pour rien dans le giron de mademoiselle ***. Il y a

ces dames des salons de bel esprit, qui diraient :
« C'est pitoyable ! » et tu aimes mieux être
malheureux. Qu'est-ce donc de pardonner à qui
vous aime ? Ah ! si j'eusse pensé, quand tu as
quitté Naples, que tu dusses souffrir ce que je
souffre aujourd'hui, je me serais coupé une
main ; je te l'aurais présentée, en te disant :
Voilà une main menteuse, jetons-la dans la
mer...

« Mais à qui s'adresse tout cela ? est-ce à vous,
murs de ma chambre, échos de sanglots et de
cris ? Est-ce à toi, portrait silencieux et grave
de mon bien-aimé ? Est-ce à toi, crâne effrayant,
plein d'un poison plus sûr que tous ceux qui
tuent le corps ? Est-ce à toi, Christ sourd et
muet ? J'aurai beau dire, beau pleurer, beau
me plaindre ! mon Dieu ! que votre miséricorde
donne l'oubli et le repos à ce cœur dévoré, car
tant que j'aimerai ainsi, c'est que vous serez en
colère. »

17.

AU MÊME.

« Qu'est-ce que notre amphitryon du *Rocher de Cancale* me disait donc hier de Hans
Flocken? Est-ce que tu lui en aurais parlé?
Est-ce que tu as pensé un instant que j'allais
aimer Hans Flocken? Ah! mon cher bien, si tu
pouvais encore être jaloux! mais vous ne l'êtes
pas. Vous avez fait semblant, et cela est mal.
Que ne puis-je aimer Flocken? Faut-il le mettre à la porte de chez moi? Pourquoi? ne serait-
ce pas une sottise?

« Voici la vérité : un moment, j'ai cru, pendant ses deux premières visites, qu'il était
amoureux de moi ou disposé à le devenir. A la
troisième visite, je me suis convaincue que je
m'étais sottement infatuée d'une vertu inutile,
et que M. Flocken ne pensait qu'à la sainte
Vierge, à qui je ne ressemble pas. Bon et heureux jeune homme! Certes, s'il est ainsi, je

l'estime et l'aime beaucoup. Si c'est une affectation, cela m'est fort égal. Mais quel besoin de le renvoyer? Comment m'y prendrais-je, et quelle singulière raison pourrais-je lui en donner? D'ailleurs, j'ai une idée fixe, une seule et dernière espérance. Pauvre William, toi qui fus si orgueilleuse quand tu étais aimée! Pauvre Madeleine sans cheveux, mais non sans larmes, sans croix et sans tête de mort! Il t'a été pardonné, ô Madeleine, et moi j'aime et on ne me pardonne pas! — Je disais que j'avais une idée fixe. Je veux ton amitié; je veux ravoir ton estime; c'est la seule chose qui me soutienne. C'est pour cela que je ne puis me décider à partir. Quand je serai loin, que sauras-tu de moi? Tu supposeras que je fais quelque nouvelle folie. Faut-il m'isoler, me cloîtrer? Ne sera-ce pas à tes yeux un coup de tête romanesque, dont la durée te semblera douteuse? Au premier pas que je ferai dehors, ne croiras-tu pas que je vais avoir une tentation, et succomber? D'ailleurs, qui sait s'il n'en serait pas

ainsi? La claustration, l'ascétisme, la mortification exaltent les sens, et pourquoi exposerais-
je les miens à une solitude dangereuse? — Ah!
s'il venait me trouver dans ma cellule, lui!
s'il venait m'y donner un baiser tous les jours!
Mais non, s'il y venait, ce serait encore avec
méfiance. Il faut que je mette entre nous
un temps et des faits qui pourront s'appeler
hier. Je te prouverai que je peux aimer, souffrir et subir...

« Mais, hélas! tu dors, car il est onze heures
du matin, et tu auras fait de la nuit le jour.
Édouard, je veux ton amitié. Ne peux-tu croire
à quelque chose de bon de ma part? J'irai la
réclamer plus tard, cette amitié, car aujour-
d'hui ce seraient des orages qui te feraient
mal. »

AU MÊME.

Jeudi matin.

« Mon Dieu! J'aimerais mieux des coups
que rien. Rien! c'est ce qu'il y a de plus affreux

au monde, et c'est mon expiation. Un cilice, le
jeûne, les coups de fouet, voilà tout ce que les
pénitents ont su inventer. Ils n'ont pas imposé
à des gens qui aimaient de demeurer à trois
pas de l'objet de leur amour, et de se tenir tranquilles, et de rire et de manger! Il me faudra
bien du temps avant que j'aie le courage de ne
pas être jalouse : la femme dont tu m'as dit du
bien le jour que nous avons dîné au cabaret,
j'aurais voulu la rabaisser au-dessous des plus
viles créatures. Et pourquoi? cela est aussi laid
qu'absurde. Seigneur Dieu, ne me laissez pas
m'abrutir et me perdre. La passion est un don
sévère, mais divin. Les souffrances de l'amour
doivent ennoblir et non dégrader. C'est ici,
mon orgueil, que vous êtes une sainte et digne
chose. Que cette femme le console; qu'elle lui
apprenne à croire. Moi je ne lui ai appris qu'à
nier. Édouard, tu verras que mon âme n'est
pas corrompue. Je répandrai contre moi-même
une accusation terrible. Saints du ciel! vous
avez péché; vous avez souffert!... »

AU MÊME.

« J'arrive des Italiens. Je me suis profondément ennuyée. J'avais eu une journée assez doucement triste. Caliban m'avait lu quelque chose de M. de Maistre. Je n'en ai retenu que trois lignes : « Dans certaines provinces de l'Inde, on fait souvent le vœu de se tuer volontairement si l'on obtient telle ou telle faveur des idoles du lieu. Ceux qui font ce vœu se précipitent du haut d'un rocher... » O mon Dieu! si vous vouliez m'accorder un seul jour de ce bonheur que vous m'avez ôté, je ferais bien ce vœu-là...

« Décidément la musique ne fait que du mal; et c'est si bête un théâtre! que toutes ces figures tranquilles, indifférentes ou contentes, ont l'air stupide! Me voilà en *bousingot*, seule, désolée d'entrer au milieu de ces hommes noirs. J'ai les cheveux coupés, les yeux cernés, les joues

creuses, et là-haut, toutes ces femmes blanches,
blondes, parées, couleur de rose !...

« Je ne peux pas souffrir tout cela pour rien !
J'ai trente ans; je suis belle encore; du moins
je le serais dans huit jours si je cessais de pleurer. J'ai autour de moi des hommes qui m'of-
friraient hardiment leur appui. Ah! si je pouvais me remettre à aimer quelqu'un! Mon
Dieu ! rendez-moi ma féroce vigueur de Naples !
Rendez-moi cet âpre amour de la vie qui m'a
pris comme un accès de rage au milieu du
plus affreux désespoir!

« Ce matin, j'étais dans l'atelier de *Rubens*.
Il m'a dit que si tu l'eusses voulu, tu aurais été
un grand peintre. Je le crois bien ! Il a envie de
copier les dessins de ton album. Tout en me
montrant des figures de femmes espagnoles, il
m'a demandé où j'en étais : — « Je ne me guéris pourtant pas, » ai-je dit. Et je lui racontai
mes chagrins. — De quoi puis-je parler, sinon
de cela? — Il m'a donné un bon conseil, c'est
de n'avoir pas de courage. — « Laissez-vous

aller, me disait-il; ne faites pas la fière; ne soyez pas Romaine. Quand pareille chose m'arrive, je m'abandonne à mon désespoir. Il me ronge, il m'abat, il me tue; et puis quand il en a assez, il se lasse à son tour et me quitte. » — Et le mien augmente tous les jours! Je me soumettrais à tous les supplices pour être encore aimée de toi. Cet amour me conduirait au bout du monde. Ah! je le sais maintenant : on ne peut pas aimer deux personnes à la fois. Parce que cela m'est arrivé, tu te dis : « Ce qu'elle a fait déjà, elle le fera encore. » Insensé! c'est le contraire qu'il faudrait dire. J'avais besoin d'un bras solide pour me soutenir. Tu étais trop suave et trop subtil, mon cher parfum, pour ne pas t'évaporer quand mes lèvres t'aspiraient. Les beaux arbrisseaux de l'Inde et de la Chine plient sur leur faible tige et se courbent au moindre vent. Ce n'est pas d'eux qu'on tirera des poutres pour bâtir. On s'abreuve de leur nectar, on s'entête de leur odeur, on s'endort et on meurt! »

AU MÊME.

Lundi soir.

« L'heure de ma mort est en train de sonner. Chaque jour qui s'écoule frappe un coup, et dans quatre jours le dernier coup ébranlera l'air vital autour de moi. Alors s'ouvrira une tombe, où ma jeunesse et mes amours descendront pour jamais; et que serai-je ensuite? Triste spectre, sur quelles rives iras-tu errer et gémir? Grèves immenses! hivers sans fin! Il faut plus de courage pour franchir le seuil des passions et pour entrer dans le calme du désespoir que pour avaler la ciguë...

« Pourquoi m'avez-vous réveillée, mon Dieu, quand je m'étendais avec résignation sur une couche glacée? Pourquoi avez-vous fait passer devant moi le fantôme de mes nuits brûlantes? Ange de mort, amour funeste, ô mon destin, sous la figure d'un enfant blond et délicat! oh! que je t'aime encore! Quel est ce feu qui dévore mes entrailles? Il semble qu'un volcan gronde au dedans de moi, et que je vais éclater comme un cratère. O Dieu! prends donc pitié de cet être qui souffre tant! Pourquoi les autres meurent-ils? Ne pourrai-je succomber sous le fardeau de ma douleur?

« Pourquoi cette image fixée dans ma cervelle? Après toutes les révoltes de la vanité, tous les conseils de la raison, tous les discours humains, pourquoi un profil divin vient-il se dessiner entre mes yeux et la muraille? Pourquoi ceux qui me parlent s'enveloppent-ils d'un nuage, et pourquoi vois-je sur leurs épaules une tête qui n'est pas la leur? L'être qu'on aime renferme-t-il un démon qui nous torture? Quelle fièvre avez-vous fait passer dans mes veines, esprit de la vengeance céleste? Quel mal ai-je donc fait aux anges du ciel pour qu'ils descendent sur moi et m'infligent le châtiment d'un amour de lionne? Mon sang s'est-il changé en feu? Pourquoi ai-je, comme à l'approche de la mort, des embrassements plus fougueux que ceux des hommes? Quelle furie s'anime contre moi et me pousse du pied dans le cercueil? Deviendrai-je folle? Réveillerai-je les hôtes des maisons par mes hurlements? Oh! il faut que je meure! »

XVI

Ces lettres ne pouvaient pas plaire à un homme qui estimait le naturel par-dessus toutes choses. L'artiste fut révolté par des expressions de mauvais goût et des images désagréables, comme la *main menteuse jetée dans la mer*, et la remarque sur les effets de la mortification; l'homme du monde fit la grimace à l'idée du *bousingot* mêlé dans la foule, au parterre d'un théâtre. Deux mots partant d'une émotion vraie auraient assurément touché le cœur d'Édouard; mais il ne les trouva pas. Le souvenir du passé, la fatale expérience lui disaient que l'orgueil était encore là, déguisé sous le masque de l'humilité. La dernière lettre étonna Falconey par une force de langage qui ressemblait à de la passion; mais *l'amour de lionne* lui inspira plus de frayeur que d'intérêt. Pour se remettre de l'impression douloureuse causée par cette lecture, il s'en alla souper chez son ami Verdier.

Cette nuit-là, vers deux heures, Pierre dormait profondément, lorsqu'il fut éveillé par une voix de femme qui l'appelait dans la cour. Il sauta hors du lit et ouvrit sa fenêtre:

— C'est moi William, lui dit-on; il faut absolument que je vous parle.

Pierre alluma une bougie, se hâta de s'habiller et traversa un long corridor pour aller au-devant d'Olympe. Il la trouva toute en larmes, assise sur une marche de l'escalier; il la releva, la fit entrer, et comme la nuit était froide, il voulut faire du feu; mais elle l'arrêta en s'écriant:

18.

— Laissez cela. Il s'agit bien du chaud ou du froid! Écoutez-moi, et faites attention à mes paroles. Le jour ne tardera guère à venir, n'est-ce pas? Eh bien, je ne le verrai point, si vous me refusez le service que j'ai à vous demander. Je suis cent fois plus coupable que vous ne le pensez. Le crime que j'ai commis n'a pas de nom, et quand je vous l'aurai raconté...

— C'est inutile, interrompit Pierre; je sais tout cela.

— Vous ne savez rien, reprit Olympe en élevant la voix. Laissez-moi soulager ma conscience.

Avec une volubilité incroyable, elle raconta les circonstances de sa faute et tout ce qui s'était passé à Naples dans la chambre du malade; puis, en achevant cette confession, elle se coucha de son long sur le carreau, les bras étendus, la face contre terre. Il y eut un moment de silence aussi pénible pour son auditeur que pour elle.

— Sur de tels aveux, dit Pierre, il est impossible de mettre en doute la grandeur de votre désespoir. Mais gardez-vous bien de redire toutes ces choses à Falconey. Vous lui feriez beaucoup de mal.

— Je n'ai point la prétention de me disculper, répondit Olympe. Qu'il me pardonne seulement et qu'il m'accorde son amitié.

— Son amitié! vous l'aurez toujours. S'il ne vous la témoigne pas comme vous le désirez, c'est qu'il lutte encore contre un reste d'amour.

— Le croyez-vous? s'écria Olympe en se relevant.

— J'en suis certain.

— Mais si ma présence est un sujet de crainte pour lui, s'il a l'envie de se guérir, faut-il, pour cela, que je meure? Qu'il souffre quelques jours de plus et qu'il ne me tue pas. Je veux le revoir.

— Je lui dirai cela, et il vous reverra.

— Point de pourparlers! reprit Olympe. Je ne veux pas attendre. Je veux le voir à l'instant même. Vous connaissez quelque moyen de pénétrer jusqu'à lui sans éveiller toute la maison. Conduisez-moi. Marchons!

Pierre ne résista pas. Il prit la lumière, et descendit l'escalier, suivi d'Olympe. L'art du serrurier n'avait point encore inventé, en ce temps-là, ses chefs-d'œuvre portatifs; pour ne pas charger ses poches d'un poids incommode, Édouard était convenu avec son domestique d'une cachette où l'on mettait la clef de son appartement. Pierre commença par regarder dans cette cachette; la clef s'y trouvait. Falconey n'était pas chez lui. Olympe insista pour entrer. Elle ôta son chapeau, s'installa dans un fauteuil, remercia Pierre de sa complaisance et l'engagea fort à s'en aller, disant qu'elle n'avait plus besoin de ses services et qu'elle attendrait Édouard jusqu'au jour, s'il le fallait; mais Pierre crut deviner qu'elle préparait un coup de théâtre, et qu'elle voulait rester seule pour se maintenir dans son état d'exaltation. La politesse française lui fournit un moyen simple et commode de déranger ce projet dangereux.

Pouvait-il se retirer sans avoir, au moins, rallumé le feu? Ce maudit bois ne voulait point s'enflammer. Tout en soufflant les tisons, Pierre interrogea Olympe sur ses travaux et ses voyages. D'abord elle le laissa dire, et se tint renfermée dans un silence farouche; mais bientôt, entraînée par l'usage du monde et l'habitude, elle consentit à répondre. La conversation finit par s'engager; le ton baissa par degrés. Pendant quelques minutes, l'orage gronda sourdement; et puis il s'éteignit, et la fièvre se trouva calmée. Sur ces entrefaites, Falconey arriva. Il avait gagné quelques pièces d'or à la bouillotte, et rentrait assez content de l'emploi de sa soirée.

— Oh! dit-il gaiement, vous devancez l'aurore d'un peu loin, seigneur Agamemnon. Il paraît que nous n'allons point parler de bagatelles. Auriez-vous, par hasard, une affaire d'honneur?

— Non, répondit Olympe, une affaire de cœur, toujours la même.

— Et en t'attendant, dit Pierre, nous causions de la supériorité des Italiens dans la musique bouffe.

— A la bonne heure! reprit Édouard, voilà un sujet de conversation qui n'engendre pas de mélancolie. Il est bien à vous d'avoir chaussé, pour venir me voir, votre humeur des dimanches.

Le coup de théâtre était manqué. Pierre prit sa lumière et remonta chez lui; mais, au lieu de se recoucher, il ouvrit sa fenêtre, d'où l'on voyait celle de la chambre d'Édouard, et resta en observation. Du haut de sa vedette, il suivit du regard la pantomime de la conférence. L'ombre d'une femme passait et repassait sur les vitres avec une agitation croissante. Bientôt cette ombre leva les bras en l'air et s'affaissa sur elle-même. Probablement Olympe s'était jetée à terre au dernier mot d'une tirade. L'ombre d'Édouard parut à son tour. Elle se mouvait plus lentement que l'autre; mais parfois le bras faisait un geste vif et saccadé, où l'on sen-

tait le reproche et la colère. Sans doute les paroles que ce geste accompagnait eurent un effet
décisif, car l'ombre s'arrêta. Un bruit de porte
résonna dans l'escalier. Pierre entendit dans la
cour les pas légers d'une femme, quelqu'un
frapper doucement aux vitres du concierge, et
une voix altérée par l'émotion demander le cor-
don. Sans attendre qu'on eût ouvert, il descendit
à la hâte chez son ami.

— Eh bien! dit-il, la victoire est donc à nous?

— Oui, répondit Édouard, mais cette victoire
me coûtera cher. Me voilà troublé pour longtemps. A quoi servirait de le nier? Le repentir
de cette femme est sincère. Jamais je ne l'avais
vue plus belle et plus touchante. Ce n'était ni
le démon de Naples, ni l'ange de Moret. C'était
une autre créature, sublime, illuminée par le
feu divin de la passion, d'autant plus charmante
qu'elle ne songeait pas à plaire, mais à persuader. Et ses cheveux coupés! — Ah! mon ami,
est-il possible que je sois cause de cette mutila-
tion! — Mais à quoi pensons-nous? bavard que

je suis! Je fais des phrases, et pendant ce temps-là, elle va seule, dans les rues désertes, par une nuit affreuse, sans un bras pour la soutenir et la défendre!

Édouard avait déjà pris son chapeau, et s'élançait dehors. Il traversa la cour, frappa à la fenêtre du concierge à grands coups de poing et ferma la porte de la rue avec un bruit de tonnerre. Pierre s'apprêtait à reprendre le chemin de son donjon, lorsqu'il entendit derrière lui un soupir; une femme était debout sur le seuil de la porte; elle pleurait, tenant son visage caché dans son mouchoir.

— Vous ici, William! s'écria-t-il. Comment est ce possible?

— J'ai frappé, j'ai appelé en vain, répondit Olympe. On ne m'a pas ouvert. Il faut que vous veniez à mon aide.

— Mais Édouard est parti avec l'intention de vous reconduire. Comment se fait-il que vous ne l'ayez point rencontré?

— J'ai monté jusqu'à votre atelier; ne vous

y trouvant pas, je suis revenue ici, et sans doute Édouard est parti pendant ce temps-là.

— Eh bien! c'est moi, reprit Pierre, qui vous donnerai le bras. Je suis à vos ordres.

— Un moment, de grâce! dit Olympe, en s'appuyant sur le chambranle de la porte, les forces me manquent, accordez-moi quelques minutes pour me reposer. Je n'entrerai point dans cette chambre; j'ai promis de n'y revenir jamais. Laissez-moi y jeter un dernier regard et fixer dans ma mémoire ces meubles, ces gravures, ce fauteuil où je ne m'assiérai plus.

Olympe pleurait des larmes si chaudes; elle se livrait à sa douleur avec tant d'abandon, que Pierre en fut remué jusqu'au fond de l'âme.

— Remettez-vous, dit-il. Ce n'est point ainsi que vous reprendrez des forces. Oubliez tous ces objets, témoins d'une triste querelle; songez plutôt à ces beaux bois de Moret, auxquels nul souvenir fâcheux ne se rattache. Ne restez pas debout contre ce mur. Puisque vous ne voulez pas entrer, reposez-vous dans le salon sur le canapé. Venez, pauvre William, et prenez courage. L'amour passe; les regrets et les chagrins passeront à leur tour.

Olympe se rendit sans résistance aux avis de Pierre; elle consentit à s'étendre sur le canapé du salon.—Laissez-moi seule, dit-elle ensuite; mes larmes ne s'arrêteront pas tant que vous me parlerez. Emportez cette lumière; le silence et l'obscurité me font du bien. Ne faut-il pas sortir de l'état de mollesse où je suis pour pouvoir m'en aller?

Pierre rentra dans la chambre avec la lumière, et se promena de long en large, en murmurant tout bas :

— Quelle nuit! bon Dieu! quelle nuit! Encore si nous étions au bout de nos peines!

Àfin de méditer plus attentivement sur les dangers qu'il redoutait, Pierre s'assit dans un fauteuil, les coudes posés sur la table et la tête entre ses deux mains. Sollicité par la fatigue, le calme de la nuit, l'heure avancée, le bruit monotone de la pendule, il s'endormit subitement et rêva qu'il voyageait en diligence. Une main qui le frappa rudement à l'épaule l'éveilla en sursaut.

— Viens avec moi, lui disait Édouard; viens donc, malheureux! Pendant que tu dors, elle se meurt peut-être. Je n'ai pas pu la rejoindre. La vieille servante ne l'a point vue. Ah! mon ami, s'il faut qu'elle se soit tuée!...

— Dieu merci! répondit Pierre, en se frottant les yeux, il n'y a personne de mort.

— Qu'en sais-tu? s'écria Édouard. Songes-y donc : la rivière qui est là-bas! La mort la plus facile, mais la plus hideuse et la plus froide des morts!

— Si tu voulais m'écouter, reprit Pierre...

— Non, je ne t'écouterai pas. Il faut toujours qu'on t'écoute, toi! Morbleu, toutes les raisons du monde empêcheront-elles une femme de se noyer si elle tombe dans l'eau? Je n'irai pas seul chercher au bord de cette rivière. Viens avec moi.

— Nous n'irons chercher personne au bord de l'eau, dit Pierre. William est là, couchée sur le canapé. Tu as passé devant elle sans la voir.

Édouard ne fit qu'un bond jusqu'au salon. Il se jeta devant Olympe à deux genoux, lui prit la tête à deux mains et l'embrassa en pleurant.

— Il me fallait cette épreuve, dit-il, pour savoir combien tu m'es chère. Va, je n'ai jamais cessé de t'aimer. Le pardon n'est-il pas inventé pour céux qui ont commis des fautes? Et qui pourrait me défendre de te pardonner? Non, je ne te rends pas mon amour ; tu l'avais encore, et tu l'auras tant que je vivrai.

Pierre n'entendit point la réponse d'Olympe. Il avait repris sa lumière et remontait les degrés en répétant :

— Quelle nuit! bon Dieu! quelle nuit! Vouloir deviner tous ces jeux du hasard, pré-

tendre y mettre obstacle, c'eût été peine per-
due. Une invisible main nous dirige. Courbons
la tête, et disons comme les Turcs : Dieu est
grand !

XVII

Pour que cette nouvelle recrudescence dans l'amour d'Édouard eût quelques chances de durée, le pardon ne pouvait point suffire; l'oubli eût été nécessaire, et il ne dépend pas de nous d'oublier. Les souvenirs pénibles, la défiance et la jalousie ne tardèrent pas à se dresser entre les amants réconciliés. Depuis le voyage en Italie, Édouard tenait en main le fil qui conduisait par le chemin du mal dans le cœur d'Olympe, et il s'y gouvernait avec une rare sagacité. Cet esprit généreux, qui jusqu'alors avait refusé de croire aux mauvaises pensées, les voyait éclore maintenant et les saisissait à la volée. Il n'en manquait pas une, et prenait un amer plaisir à étaler sa découverte. Il appelait cela piquer un insecte avec une épingle et le classer dans sa collection. Le plus cruel des reproches, celui qui se formule par allusion, et l'ironie, le dissolvant le plus puissant, se mettaient de la partie.

Par mesure de prudence, Édouard avait voulu que la porte fût fermée aux habitués de la maison. Hans Flocken, après avoir laissé sa carte de visite, écrivit un billet pour demander audience. Olympe assura qu'elle ne répondrait pas à ce billet ; mais Falconey lut dans ses yeux qu'elle voulait répondre, et il acquit, en effet, la certitude qu'elle avait répondu. Telle fut la cause de la première querelle. Un autre ami, qui avait quelque sujet de chagrin, écrivit à William Caze pour lui demander des consolations. Cette fois, la réponse fut communiquée à Édouard. Il y rencontra par hasard les mots de chasteté et de sainte amitié, dont Olympe aimait à faire un fréquent usage.

— Ma chère, lui dit-il, vous parlez si souvent de chasteté que cela devient indécent. Votre amitié n'est pas plus sainte que celle des autres. Défaites-vous donc de ces grands mots.

— Mon cher, répondit Olympe sur le même ton, trouvez bon que je console mes amis selon ma méthode. Vous voyez qu'elle leur plaît assez, puisqu'ils y reviennent.

— Je sais, reprit Édouard, je sais que, dans votre petit cercle, vous êtes la sœur du pot de tous les cœurs souffrants; mais à moi on ne m'en fait point accroire; pour en avoir goûté, je puis assurer qu'il y a de l'arsenic dans vos tisanes.

— Je ne veux pas qu'on me parle ainsi,

s'écria Olympe en frappant sur la table. Je t'apprendrai à respecter William Caze.

— Comment cela, chaste monsieur? dit Édouard en croisant les bras.

— Tu vas le voir à l'instant.

Olympe prit sur une étagère son fameux poignard du *Rocher de Cancale*, le tira du fourreau et s'avança l'arme haute. Mais Falconey souffla les deux bougies, et s'écria dans l'obscurité : — C'est toi qui vas mourir. Dépêche-toi de faire ta prière.

Et le redoutable William Caze demanda grâce à deux genoux. Cet épisode tragi-comique fut le dernier de la recrudescence. L'amour n'avait pas pu survivre à la confiance et à l'estime. Une fois la séparation décidée, Falconey reprit son humeur douce et bienveillante. Olympe vint encore, deux jours de suite, le relancer jusque chez lui; elle le trouva compatissant, mais inébranlable dans sa résolution d'en finir.

La dernière de ces deux entrevues fut mar-

quée par un incident que l'homme le plus défiant de la terre n'eût jamais pu deviner.
Falconey dînait en ville ce jour-là. Ses amis comptaient sur lui. Rien au monde ne pourrait le détourner, disait-il, d'un devoir sacré; cependant il offrit son bras à Olympe pour la conduire jusqu'à l'entrée de la rue Mazarine. Chemin faisant, William mit en jeu ses plus tendres séductions pour engager Édouard à venir partager son modeste dîner. A tout hasard, sans oser croire qu'il dût accepter sa proposition, elle avait commandé à sa vieille servante les plats qu'il préférait. Falconey, touché de cette gracieuse préméditation, changea tout à coup d'idée, avec cette merveilleuse versatilité qu'il appliquait aux petites choses de la vie, et qu'il appelait le bonheur de ne pas aller où l'on va.

— Ma foi, tant pis ! dit-il, je cède à l'occasion et à l'herbe tendre : je veux manger votre petit dîner.

Olympe remercia Édouard du fond du cœur;

mais, au moment de poser la main sur le
marteau de la porte, elle s'arrêta d'un air embarrassé.

—J'espère, dit-elle en hésitant, j'espère que
vous ne serez pas trop mécontent de la rencontre... vous avez été si dur pour moi... j'étais
loin de prévoir...

— Qu'y a-t-il donc? demanda Falconey.

— Nous ne serons pas seuls, reprit Olympe.
J'ai invité à dîner une autre personne, et je
crains que le choix du convive...

— Ah ! qui est-ce donc?

— Hans Flocken.

Les passants se retournèrent au bruit d'un
énorme éclat de rire. Édouard fit signe à un
fiacre de s'arrêter, dit adieu à Olympe, s'é-
lança dans la voiture, et partit, toujours en
riant.

Le même soir, au dessert d'un joyeux dîner,
les convives s'amusèrent à proposer des toasts
burlesques. Il va sans dire que les non-sens
les plus bouffons obtenaient les applau-

dissements les plus chaleureux. Quand vint le tour d'Édouard, il leva son verre en disant :

— Je bois à Holopherne, si méchamment mis à mort par Judith.

XVIII

Vingt ans plus tard, par une triste soirée de novembre, Falconey, malade et alité, voyait passer devant ses yeux des images fantastiques créées par l'insomnie et la fièvre. Le médecin ne s'inquiétait point de ces visions et disait que le grand maestro ne pouvait ni se bien porter, ni être malade comme tout le monde. Pour échapper à ces figures importunes, il fallait à Édouard de la compagnie. Pierre, qui lui faisait lecture du journal, rencontra par hasard le nom de William Caze.

— Voilà celle qui m'a empoisonné, dit Édouard. Je suis comme ces gens qui avaient dîné une fois chez les Borgia ou les Médicis, et ne s'en remettaient jamais.

— Avoue-le pourtant, répondit Pierre, le poison est lent, et avec de la raison et du régime, il ne tiendrait qu'à toi de te guérir.

—Eh! ne vois-tu pas, reprit Édouard, que ce poison-là ôte la raison et jusqu'au désir de vivre? Morbleu! que vient faire là le régime? Tu es grand comme père et mère, et tu ne me connais pas mieux que cela! Apprends donc que je ne puis pas vivre sans aimer, et que l'amour n'entre pas dans mon cœur sans que l'incrédulité, la jalousie et tout le cortége des soupçons le viennent assiéger. Avec cette injustice distributive qui distingue l'amour, je m'en suis pris malgré moi aux meilleures et aux

plus douces du mal que m'avait fait le démon
de Naples. Si j'étais le seul que cette femme
eût mis en cet état, on pourrait me citer comme
une exception, un cas rare; mais regarde où en
sont aujourd'hui ceux qu'elle a aimés. Tous ne
sont-ils pas sortis de ses mains plus ou moins
meurtris, défigurés, estropiés pour jamais? on
en ferait une procession de fantômes. Il y en
avait un qui se mourait d'une maladie de poitrine. Celui-là paraissait devoir s'en aller avant
d'avoir reçu le coup funeste. C'eût été vraiment dommage! Elle s'empressa de lui ôter
l'illusion au dernier moment, afin qu'il mou-
rût désespéré. Je lui pardonnerais de s'en-
gouer aisément, de se désabuser plus vite
encore, d'oublier l'idole de la veille; mais
renier ce qu'on a aimé, le détruire, le
martyriser moralement! On devrait inventer
pour les crimes de ce genre un châtiment
public.

— N'exagérons point, dit Pierre; examinons
les choses en philosophes et avec impartia-

lité. Il y a, selon moi, des circonstances atténuantes.

— Ah! s'écria Falconey, je suis curieux de
voir cela.

— Si l'on y regardait bien, reprit Pierre, on
trouverait peut-être dans les facultés et le talent du maestro l'excuse de la femme. William
Caze, obligée par son art à faire parler les passions, éprouve un ardent besoin de les connaître, d'en écouter le langage, de les voir de près,
d'observer dans le cœur des autres toutes celles
qu'elle est incapable de sentir. De là cet appétit
déréglé de complications, d'aventures, de changements, d'amours interrompues, reprises,
abandonnées. Le calme et le bonheur, si doux
qu'ils soient, ne lui enseignent plus rien après
certain temps; de là le désir de rompre, de
passer à autre chose. La femme aimerait encore volontiers; mais le compositeur s'impa-
tiente et dit : « Assez d'amour; nous savons
cela par cœur. Occupons-nous un peu de
jalousie, de désespoir, de trompeie, d'infi-

délité. » C'est ainsi qu'elle trompe et devient infidèle.

— A merveille! s'écria Édouard. En sorte que l'objet aimé joue le rôle agréable de cette chauve-souris dont Spallanzani bouchait les yeux et les oreilles avec de la cire à cacheter brûlante, pour voir si elle saurait encore voler et se conduire! Et quand j'ai été sacrifié à ce petit médecin, qui certes pouvait alors passer pour le premier venu, c'était une manière de faire des expériences *in animâ vili*, absolument comme M. Magendie, qui enlevait au bout de son scalpel la moelle épinière d'un chien?

— Peut-être bien, répondit Pierre.

— Mais, ponrsuivit Édouard, comment expliques-tu cette espèce de fureur avec laquelle William déchire la réputation de ceux qu'elle a aimés; quand tout est fini, à quoi lui sert de dire que l'un était un fou, l'autre un imbécile, celui-ci un enragé, celui-là un homme sans délicatesse?

— C'est peut-être, répondit Pierre, que la femme a trop d'orgueil pour se contenter des circonstances atténuantes qui plaident en faveur de l'artiste. Elle ne veut convenir d'aucune faiblesse, d'aucune erreur, et prétend se justifier sur tous les points. Or, pour qu'elle ait raison, il faut bien que les autres aient tort? Donc ce sont des misérables.

— Du moins, reprit Édouard, je dois lui rendre cette justice : jamais je n'ai ouï dire qu'elle eût mal parlé de moi.

— Je le crois bien : elle n'en parle pas du tout; mais peut-être ne perdras-tu rien pour avoir attendu.

— Quel reproche pourrait-elle donc me faire?

— Je ne sais; mais si elle rompt le silence, sans aucun doute ce sera pour te déchirer comme les autres. Elle ne manquera pas de te donner à vingt ans les idées et le caractère d'un homme de quarante; elle puisera dans ton âge viril de quoi composer un portrait fort peu ai-

mable d'amoureux adolescent. Parce qu'elle
t'a rendu ombrageux, elle dira que tu l'étais
avant de la connaître. C'est elle qui t'a ravi la
confiance et la foi du cœur, et elle dira que ton
cœur était défloré. Parce que, dans tes moments
d'horreur et de souffrance, tu as parfois appli-
qué des narcotiques sur ta plaie, elle dira que
tu étais déjà blessé et que tu aimais les narcotiques. Ces mensonges par anachronisme volontaire sont les plus perfides, les plus difficiles
à démasquer.

— Mais je suis perdu! s'écria Édouard dont
l'imagination n'était que trop disposée à se
créer des monstres. Je suis perdu. Je mourrai
avant elle, et je serai calomnié.

— Non, reprit Pierre. La justice et la vérité
ne demandent qu'à se produire au grand jour.
Il suffit de les y aider un peu. Préparons ta défense.

Falconey fit apporter sur son lit de vieux
tiroirs où il n'avait point fouillé depuis bien
des années.

Dans un de ces tiroirs, il trouva plusieurs lettres de William Caze.

— Que signifie cela? dit-il; je croyais avoir rendu toute cette correspondance.

— Oh! s'écria Pierre, voilà qui est providentiel. Pareille fortune n'arriverait pas à un homme rangé. Combien tu dois te réjouir de n'avoir jamais su le compte de ton argent ni de tes mouchoirs!

A ces précieuses lettres, dans lesquelles William Caze confessait toutes ses fautes, Falconey ajouta deux pages de notes écrites à Naples avant et après sa maladie. Pierre ne douta pas qu'un jour ces deux autographes ne dussent avoir une grande importance biographique; Édouard lui dicta ensuite la relation qu'on a lue plus haut. De tout cela on fit un dossier. Pierre mit ces documents sous son bras, et, voyant son ami tranquille et rassuré, il lui souhaita le bonsoir.

— Un mot encore! dit Falconey. Je ne ressemble pas à cette femme. Je ne veux pas renier ce que j'ai aimé, sans en avoir un grave sujet; n'oublie pas qu'il s'agit seulement de me défendre. Peut-être aura-t-elle les mêmes scrupules, la même religion que moi.

— Espérons-le, répondit Pierre.

— Ne te sers donc de tout cela que s'il le faut absolument, et à la dernière extrémité.

— A la dernière extrémité, répéta Pierre.

— Mais, si elle avait l'audace de mentir à Dieu et aux hommes jusqu'à dire que j'ai été un ingrat, un fou et un méchant, quand c'est elle qui m'a trahi, enlevé la raison et empoisonné le cœur, arrive alors, comme la statue du commandeur au souper de don Juan.

— J'arriverai.

— Marche sur le mensonge et écrase-le.

— Je marcherai dessus et je l'écraserai.

— Le mandat que je te donne est facile; pour le remplir il suffit de m'aimer et d'être honnête homme.

Pierre étendit son bras sur le lit du malade, et répondit :

— Je le remplirai; je te le jure!

J'ai entendu dire que Pierre avait tenu parole.

FIN.

www.ingramcontent.com/pod-product-compliance
Lightning Source LLC
Chambersburg PA
CBHW051524050726
47503CB00014B/1409